日记背后的历史

俄国革命前夜
柳芭日记（1916-1917年）

〔法〕安娜·玛丽-珀尔 著 孙敏 译

人民文学出版社
PEOPLE'S LITERATURE PUBLISHING HOUSE

著作权合同登记号　图字 01-2016-3669

À L'aube de la Rèvolution Russe
© Gallimard Jeunesse，2007

图书在版编目(CIP)数据

俄国革命前夜：柳芭日记 ／(法)玛丽-珀尔著；孙敏译．—北京：人民文学出版社，2016
（日记背后的历史）
ISBN 978-7-02-011645-4

Ⅰ.①俄… Ⅱ.①玛… ②孙… Ⅲ.①儿童文学-中篇小说-法国-现代　Ⅳ.①I565.84

中国版本图书馆 CIP 数据核字(2016)第 095801 号

责任编辑：朱卫净　尚　飞
装帧设计：李　佳

出版发行	人民文学出版社
社　　址	北京市朝内大街 166 号
邮政编码	100705
网　　址	http://www.rw-cn.com
印　　刷	山东德州新华印务有限责任公司
经　　销	全国新华书店等
开　　本	850 毫米×1168 毫米　1/32
印　　张	6
字　　数	84 千字
版　　次	2016 年 6 月北京第 1 版
印　　次	2016 年 6 月第 1 次印刷
书　　号	978-7-02-011645-4
定　　价	23.00 元

如有印装质量问题，请与本社图书销售中心调换。电话：010 - 65233595

序

老少咸宜，多多益善
——读《日记背后的历史》丛书有感

钱理群

这是一套"童书"；但在我的感觉里，这又不止是童书，因为我这七十多岁的老爷爷就读得津津有味，不亦乐乎。这两天我在读"丛书"中的两本《王室的逃亡》和《米内迈斯，法老的探险家》时，就有一种既熟悉又陌生的奇异感觉。作品所写的法国大革命，是我在中学、大学读书时就知道的，埃及的法老也是早有耳闻；但这一次阅读却由抽象空洞的"知识"变成了似乎是亲历的具体"感受"：我仿佛和法国的外省女孩露易丝一起挤在巴黎小酒店里，听那些平日谁也不注意的老爹、小伙、姑娘慷慨激昂地议论国事,"眼里闪着奇怪的光芒",举杯高喊:"现在的国王不能再随心所欲地把人关进大牢里去了,这个时代结束了!"齐声狂歌:"啊,一切都会好的,会好的,会好的……"我的心都要跳出来了!我又突然置身于3500年前的神奇的"彭特之地",和出身平民的法老的伴侣、十岁男孩米内迈斯一块儿,突然遭遇珍禽怪兽,紧张得屏住了呼吸……这样的似真似假的生命体验实在太棒了!本来,自由穿越时间隧道,和远古、异域的人神交,这是人的天然本性,是不受年龄限制的;这套童书充分满足了人性的这一精神欲求,就做到了老少咸宜。在我看来,这就是其魅力所在。

而且它还提供了一种阅读方式:建议家长——爷爷、奶奶、爸爸、妈妈们,自己先读书,读出意思、味道,再和孩子一起阅读,交流。这样的两代人、三代人的"共读",不仅是引导孩子读书的最佳途径,而且还营造了全家人围绕书进行心灵对话的最好环境和氛围。这样的共读,长期坚持下来,成为习惯,变成家庭生活方式,就自然形成了"精神家园"。这对孩子的健全成长，以至家长自身的精神健康，家庭的和睦，都是至关重要的。——这或许是出版这一套及其他类似的童书的更深层次的意义所在。

我也就由此想到了与童书的写作、翻译和出版相关的一些问题。

所谓"童书"，顾名思义，就是给儿童阅读的书。这里，就有两个问题：一是如何认识"儿童"，二是我们需要怎样的"童书"。

首先要自问：我们真的懂得儿童了吗？这是近一百年前"五四"那一代人鲁迅、周作人他们就提出过的问题。他们批评成年人不是把孩子看成是"缩小的成人"(鲁迅：《我们现在怎样做父亲》)，就是视之为"小猫、小狗"，不承认"儿童在生理上心理上，虽然和大人有点不同，但他仍是完全的个人，有他自己的内外两面的生活。儿童期的十几年的生活，一面固然是成人生活的预备，但一面也自有独立的意义和价值"(周作人：《儿童的文学》)。

正因为不认识、不承认儿童作为"完全的个人"的生理、心理上的"独立性"，我们在儿童教育，包括童书的编写上，就经常犯两个错误：一是把成年人的思想、阅读习惯强加于儿童，完全不顾他们的精神需求与接受能力，进行成年人的说教；二是无视儿童精神需求的丰富性与向上性，低估儿童的智力水平，一味"装小"，卖弄"幼稚"。这样的或拔高，或矮化，都会倒了孩子阅读的胃口，这就是许多孩子不爱上学，不喜欢读所谓"童书"的重要原因：在孩子们看来，这都是"大人们的童书"，与他们无关，是自己不需要、无兴趣的。

那么，我们是不是又可以"一切以儿童的兴趣"为转移呢？这里，也有两个问题。一是把儿童的兴趣看得过分狭窄，在一些老师和童书的作者、出版者眼里，儿童就是喜欢童话，魔幻小说，把童书限制在几种文类、有数题材上，结果是作茧自缚。其二，我们不能把对儿童独立性的尊重简单地变成"儿童中心主义"，而忽视了成年人的"引导"作用，放弃"教育"的责任——当然，这样的教育和引导，又必须从儿童自身的特点出发，尊重与发挥儿童的自主性。就以这一套讲述历史文化的丛书《日记背后的历史》而言，尽管如前所说，它从根本上是符合人性本身的精神需求的，但这样的需求，在儿童那里，却未必是自发的兴趣，而必须有引导。历史教育应该是孩子们的素质教育不可缺失的部分，我们需要这样的让孩子走近历史、开阔视野的人文历史知识方面的读物。而这套书编写的最大特点，是通过一个个少年的日记让小读者亲历一个历史事件发生的前后，引导小读者进入历史名人的生活——如《王室的逃亡》里的法国大革命和路易十六国王、王后；《米内迈斯：法老的探险家》里的彭特之地的探险和国王图特摩斯，连小主人翁米内迈斯也是实有的历史人物。每本书讲述的都是"日记背后的历史"，日记和故事是虚构的，但故事发生的历史背景和史实细节却是真实的，这样的文学与历史的结合，故事真实感与历史真实性的结合，是极有创造性的。它巧妙地将引导孩子进入历史的教育目的与孩子的兴趣、可接受性结合起来，儿童读者自会通过这样的讲述世界历史的文学故事，从小就获得一种历史感和世界视野，这就为孩子一生的成长奠定了一个坚实、阔大的基础，在全球化的时代，这是一个人的不可或缺的精神素质，其意义与影响是深远的。我们如果因为这样的教育似乎与应试无关，而加以忽略，那将是短见的。

这又涉及一个问题：我们需要怎样的童书？前不久读到儿童文学评论家刘绪源先生的一篇文章，他提出要将"商业童书"与"儿童文学中的顶尖艺术品"作一个区分（《中国童书真的"大胜"了吗？》，载2013年12月13日《文汇读书周报》），这是有道理的。或许还有一种"应试童书"。这里不准备对这三类童书作价值评价，但可以肯定的是，在中国当下社会与教育体制下，它们都有存在的必要，也就是说，如同整个社会文化应该是多元的，童书同样应该是多元的，以满足儿童与社会的多样需求。但我想要强调的是，鉴于许多人都把应试童书和商业童书看作是童书的全部，今天提出艺术品童书的意义，为其呼吁与鼓吹，是必要与及时的。这背后是有一个理念的：一切要着眼于孩子一生的长远、全面、健康的发展。

因此，我要说，《日记背后的历史》这样的历史文化丛书，多多益善！

2013年2月15—16日

献给以各种方式寻找自由的人。
献给我的编辑，凯瑟琳·邦-谢里妮和科瑞塞亚·荷金斯基。在整个写作过程中，她们一直热情地陪伴着我。

书中所有俄文姓氏取自契诃夫的戏剧。

故事发生于1916年12月至1917年3月。日记使用恺撒历（旧历）记事，这是俄国当时通行的纪年方法，直到1918年2月才被取缔。而西欧自1582年以来一直沿用教皇格里高利十三世下令修订的格里高利历（新历）纪年。恺撒历比格里高利历晚十几天。

彼得格勒

1916年12月12日

皇家芭蕾舞学院，教室，下午5点

昨天夜里，我害怕极了。

我们睡了很长时间，中间，我惊醒过几次。守夜人在圣母像下点燃的红烛明灭不定，整个宿舍一片漆黑，我几乎看不见身旁的床位。外边（可能很远，也可能很近，我不太清楚）传来声声狗叫。突然，响起一连串噼噼啪啪的声音。

一个白色的身影坐了起来，是睡在我旁边的塔玛拉。她低声问我："是烟火吗？"

我微微提高嗓音答道："如果是烟火，会看到光的。"

美丽的光在空中旋转，化成花，化成金雨，化成满天繁星！可是，只有噼噼啪啪声，时断时续，见不到一丝欢乐的光芒。我知道，这是枪声。塔玛拉也想到了，默默无言。我们侧耳倾听，狗叫声消失了。黑暗的角落里，传来娜迪亚颤抖的声音："战争来了吗？"

无法回避的问题。它让我窒息。

两年多来，俄国一直在与德国作战。人们说，这是一场世界大战，因为整个欧洲都参战了。最初，所有人都相信只要打几炮就能高唱凯歌！现在呢，没人唱凯歌。敌人一步步向我们逼近。

是不是只有几步之遥？

零星的尖叫声回荡在深沉的黑夜里，还有长靴踩在雪地里嘎吱嘎吱的声音，汽车发出的轰隆声。接着，什么声音都没了。一片寂静。只有不知哪儿来的大钟报时：3点。

塔玛拉长舒一口气："一群醉鬼在打架。"

我拉高被子盖住头：孩子般无用的姿态。

在学校，有什么危险呢？高墙厚壁，双层窗户。

我们这些未来的皇家舞者，被保护得很好。身上裹着的蚕茧，为我们遮风挡雨，令我们化茧成蝶。"化茧成蝶"，多美的词，不知道是谁造出来的，我们每天要听不下十遍。"小姐们，你们要变成蝴蝶！"

昨晚，为了忘记战争带来的冲击，我想象着神往已久的一幕：我的名字"柳芭·米勒"出现在玛丽剧院的海报上，闪闪发光，变幻出千百种不同的颜色。

我8岁进皇家芭蕾舞学院学习，今年刚满14岁（我的生日是12月3日）。我感觉自己要振翅高飞了。我也幻想过这样的场面：

掌声如潮

鲜花簇拥

我身穿舞裙，激动谢幕！

闪亮的聚光灯照得我头晕目眩……

唉，我做的梦不外乎就是这些：梦……铃声响起（敲钟的管理员就睡在宿舍旁的储藏室里），我睁开双眼：仍是日复一日乏味的现实。

天还很黑，25岁的老姑娘卡提亚·彼得罗芙娜提着灯过来了。黑暗中只见到一圈光晕。该起床了。艰难的时刻。

卡提亚叫道："小姐们，起来！"

她使劲摇晃着还在沉睡的娜迪亚。

祈祷完毕，飞快地洗漱，新的一天宣告开始。每个人的床下都放着一张小桌子，桌子上放着一个盆，盆里放着一壶水。往常，起床后，大家把水倒进盆里，衣服也不脱就匆匆忙忙用毛巾擦脸、擦脖颈、擦眼睛。可是今天早上，一滴水都倒不出来！一层淡灰色的薄膜堵住了壶口。惊呼声和讨论声四起：

——天哪！水结冰了……

——绝对是今年冬天太冷了。

——也可能为了省钱，他们把暖气关了……

学校条件很好，配有现代化的设施：办公楼、会客厅里都放着大暖炉，每一层还装着暖气片。然而，这一刻，我们瑟瑟发抖。

老姑娘的声音响了起来："好了，小姐们！大惊小怪什么！冰都被你们吵碎了。赶快梳洗吧。"

接着,她又语带嘲讽地说:"周五晚上就有热水了。"

毫无疑问,她在指责我们每天都要用热水。一双小眼里透出的光,让人很不舒服。

最后,她还用不大不小的声音加了句:"一群被宠坏的孩子!"

我给她取了个外号,叫"灰老鼠",很适合她。这会儿,我觉得她像一只要咬人的老鼠。好吧,我可能夸张了点。我不喜欢她。我也不喜欢那些大女孩,除了娜迪亚和某个我会讲到的人……

这时,老姑娘用口音极重的蹩脚法语命令我:"米勒小姐,快点!"

好像我比其他人慢很多似的!

因为我是"法国人",在学校,大家觉得我做什么都不对。1902年,我在这里出生,当时它还叫圣彼得堡。可是在"地道"的俄罗斯人看来,我还是外国人。不公平的指责劈头盖脸而来,落在我身上,我无法反抗:因为我无力反抗。

我装作很听"灰老鼠"的话,迅速穿好衣服、梳好发辫。其间，还抽空瞟了一眼黑色的穿衣镜，在镜中捕捉到自己金色、白色交织的影像（我肤色很白，一头金发），眼中还倒映着琥珀色的阴影。嗯，今天很漂亮。

接下来，我们排好队，安静地跟在老姑娘后面下楼，去女生食堂。食堂很大，很冷。里面摆着一排排长桌和长凳，常年散发着甜菜浓汤的怪味。我们按年龄大小坐好。她们有些人可能昨晚听到了枪声……我想知道到底是怎么回事。我好奇地看着她们。年纪最大的那些人知道的肯定比我们多。只可惜，不可能从她们那里打探到消息：吃饭的时候，严禁说话。

我应该埋头吃早餐。祈祷过后，我们喝了一碗汤，吃了一块黑面包。因为战争，不久之前，我们吃不到白面包了。

等我去剧院演出的时候（那时候，战争结束了，我们轻而易举赢得了胜利），我要每天早上喝一杯巧克力，还要用它蘸俄罗斯小面包吃。说到做到。

1916年12月18日

昨天，我不得不神速地收起本子。

我们受人尊敬的"灰老鼠"在讲桌前恶狠狠地瞪着我，30秒之后，她向我冲过来，尖利的嗓音在我耳边阵阵作响："我倒要看看你到底在干什么！"她总是用那副丑恶的嘴脸窥测我，永无休止！

为以防万一，我选择用法语写日记。宿监和其他寄宿生法语都说得结结巴巴（她们在学校学法语），读就更费劲了，几乎不可能看懂我随手写下的文字。这让我安心不少。

我以不可思议的速度把吸墨纸盖在日记上，合上本子，掀开木盖，把我的秘密投到桌子最深处。我还趁机看了眼订在书桌里的照片：女大公塔提亚娜，沙皇尼古拉二世的女儿。

她只有21岁,却已经和姐姐奥尔加、母亲亚历山德拉皇后一起在后方医院照顾伤员。我很佩服她们。鲜血、脓包、绷带和类似的东西都让我恶心想吐。

这张照片是我从房里的一本杂志上剪下来的,每次掀开桌盖,我都会看一眼。塔提亚娜真美,看起来很严肃(或者说忧郁?),穿着护士服,头戴白色的面纱,很像中世纪的公主。

等我成为芭蕾舞演员时,我希望能为她跳一曲。不过,那时,她应该已经远嫁异国,成了一国之后……

我漫不经心地看着植物书,脑子里却幻想着这位女大公妙不可言的未来。

1916年12月19日

真幸运!今天下午恶魔"灰老鼠"不在,替她上课的是"甜玫瑰"——一个善良的圆脸女孩。我又开始写日记了：日记本的封面是樱桃色的缎子，与之搭配的书签上吊着一个象牙色的小球。本子是三年前妈妈从巴黎带给我的。

我聊以自慰的礼物……待在这个牢笼里，我的心情跌到谷底，总想着妈妈把我一个人扔在学校，就像把包裹放在寄存处一样，自己回法国去了。

我一直哭，一直哭，一直哭。11岁时，我随时随地地哭，毫无理由地哭！现在，我已经平复了。有时候，我甚至怀疑自己会失去活力，干枯、憔悴如遗忘在瓶底的腌黄瓜……

妈妈特别获准来会客厅看我，大约我的眼泪让大家不安了。那一幕我印象深刻。

一般来说，学校的学生只有圣诞节、复活节时才能回家见父母。因此，多看妈妈一会儿就是天大的幸运！

我冲进她怀里。

妈妈却厉声斥责我："看看你，像什么样子。我明明告诉过你，我抽不开身！"

妈妈在伊万·谢尔盖耶维奇·维尔西尼先生家

做家庭教师，两个学生姐姐叫海伦，今年12岁，弟弟叫伯瑞斯，今年8岁。和其他被雇用的人一样（厨师、清洁工等），妈妈得无条件服从主人的命令。

妈妈接着说："那会儿，我得跟着他去巴黎，照看姐弟俩。"

两个孩子没了母亲，却备受呵护，还能去旅行！想到这些，我格外难过。我才是法国人！不是更应该去法国首都看看吗？

妈妈答应过来年夏天带我去巴黎。

可是，夏天还没到来，战争爆发了。

好了。

我扯得太远了。回到妈妈给我日记本的那天。妈妈从手提包里拿出一个包着粉红色纱纸的盒子递给我。

我倒吸一口气："从巴黎带回来的礼物？妈妈，谢谢你！"

我等不及问就小心翼翼地解开丝带，展开包装纸，樱桃色缎子封面的本子映入眼帘。我禁不住轻声叫了出来……

妈妈告诉我："你可以在上面记下所有的心情。我听说这样可以很好地宣泄情绪。人们称之为'写日记'。"

对妈妈来说，它应该叫作"解决女儿问题的方法"。我哀求妈妈带我离开皇家芭蕾舞学院，可是她仍然决定把我留在这儿。日记本就是她的答案。

这一次，她丝毫不在乎我的"心情"。

我讨厌学校……

唉！三年前，妈妈拒绝倾听我的心声。时至今日，写日记给了我极大的安慰。

受伤的我瞬间万念俱灰。接着，鬼使神差的（也许想着轮到我伤害妈妈了），我问她："在巴黎，你见到爸爸了吗？"

妈妈的脸一下子红了，我手足无措，为自己这么对她羞愧不已。我不该问的。我垂下双眼。

我出生前一夜（也许是出生当天），总之，爸爸很快抛弃了妈妈。爸爸趁着和妻子宝琳娜到彼得堡办事的"良机"跳上了开往巴黎的火车，飞速离开。妈妈则凑巧在维尔西尼先生家找到了工作，带着我留在了俄罗斯。

这就是我的故事。10岁生日时，妈妈把一切都告诉了我。有些片段仍深深印在我脑海中，我从未跟人说过。

把它付诸文字，感觉很好玩。

像在写小说似的……

除了日记本，妈妈还给了我一支牛骨笔杆，上面雕着朵朵微花，中间镶嵌着一个透明的水晶花蕾：往里看，能看到埃菲尔铁塔。

课间休息时，我想到这个"来自巴黎的纪念品"曾轰动一时。女孩子们成群结队而来，观赏世界时尚之都的标志性建筑。最终，我把笔杆送给了娜迪亚，她一直想要得不得了。我们也因此成了好朋友。

去巴黎是她最疯狂的梦想。娜迪亚来自偏远小镇，出身贫寒，不知何时才能攒够去巴黎的旅费……

也许要等到她成为"皇家剧院艺术家"？

真奇怪，各种回忆毫无征兆地涌向脑海。

对我来说，有个粉红缎面的本子就够了。我花了三年时间决定不再恨妈妈。

那晚应该有过枪战……酒鬼打架微不足道，怎么会导致停电呢！

是不是有什么别的事？比如，不是酒鬼打架，不是凶杀，是更可怕的事？

这个念头在我脑子里转来转去。

今天早上，卡提亚给了我答案。

吃完早餐，我们中级班的人回宿舍。路上，娜迪亚小声跟我说："看'灰老鼠'。"

她原本走在最前面，突然停下脚步，让我们自己上楼。太阳打西边出来了！

我们目瞪口呆。这个有被害妄想症的老姑娘从来没有手软过。尽管排队走时禁止说话，我还是悄悄和娜迪亚咬耳朵："发现没有，她看起来很不耐烦……有人说她在等'甜玫瑰'……"

我们也都停了下来，偷偷观察这两个女人。果然有收获!"甜玫瑰"过来后,"灰老鼠"问她(奇怪的是她并没有降低嗓音):"达西亚,你说有个大消息要告诉我?"

"是的,好像我们……"

然后她凑近"灰老鼠"的耳朵低声说了什么。"灰老鼠"似乎吓了一跳,惊声叫道:"杀了?!"

"甜玫瑰"慌了,连忙说:"嘘嘘。"

"灰老鼠"压低声音问:"真的吗?"

"当然!是16、17号晚上的事,好像离这儿不远!"

我们抓着楼梯扶手,一动不动,彼此对看,目光中有惊恐、有好奇,也有愉悦。她们在说什么?谁被杀了?

突然,"灰老鼠"大笑起来,笑得上气不接下气,像是在抽泣。

"好了,冷静点。"

"灰老鼠"哽咽着,竭力喊道:"他们杀了starets!"

我强压住惊叫声。"starets"指老人,也指神僧。在俄国人心目中,神僧具有超自然的力量。如今,这种力量似乎由拉斯普京一手掌控。

"starets"就是他，也只指他。

我听人提到过他。维尔西尼先生很讨厌他，说他是"皇后的starets"。因为这位西伯利亚的僧人深受皇后亚历山德拉的宠幸，是皇后的近臣之一。

皇后完全有理由宠幸他：皇储病发时，只有他，能用双手减轻皇储的痛苦。可怜的阿列克谢王子16岁时被发现有严重的血友病。维尔西尼先生说拉斯普京充分利用这一点为自己谋利。换句话说，因王子的痛苦，他赚得盆满钵满……

我的沉思就此打住。"灰老鼠"又一次尖叫起来："他们杀了starets……"

然后冷笑道："这是末日的开端！"

这句神秘难解的话让我不由得打了个冷战。达西亚小姐抓住卡提亚的胳膊，厉声命令她："闭嘴！"所有人都听到了。

接着，达西亚小姐尖声对我们吼道："都上楼去！"

我们立刻仓皇逃走。我紧张得心都要跳出来了。这可能就是那晚枪响的原因吧？不，不是可能，就是它。

黑暗的夜空中，雪地里，看不见死亡的迫近。

现在，我在日记里写下：

拉斯普京被杀了……

这个消息瞬间点燃了化妆间的气氛。上课前，我们总在这个没有窗户的房间里换衣服。长长的一面墙上，满是贴着号码的柜子，里面装着我们的舞蹈用品。我的号码是107。这三个数字出现在我所有的用品上，我有时会感觉自己只是一个号码。不细说了，这会儿有更值得关注的事！

在化妆间，几乎人人都在谈论政治。一群女孩子谈政治，太稀奇了！即便在学校足不出户，我们也听说过拉斯普京。现在，居然有人杀了这位神僧！

"一个圣人，还是一个修士……"

"你在开玩笑吧？他行为放荡，就因为他出入皇宫，整个皇家都蒙上了污点……"

"你好好想想，他就是个粗俗的农民，差劲得很……"

"不，他是个骗子！"

"会不会是德军派来的卧底?"

"不管怎么说,他间接操控了沙皇和皇后!"

多热烈啊!吵得都快打起来了。每个人都说着从家里听到的传闻。这也是我们唯一认识世界的方式,因为学校里不能有杂志。

我呢,谨慎地一言不发。我感觉自己就是个"法国人"。如果加入争执,这些真正的俄国人大概会粗暴地骂我吧?她们总认为家丑不可外扬。

我机械地打开锁,拉开柜门,拿出衬衫、腰带、舞鞋、舞裙……一瞬间,我开始渴望跳舞,也许它能让我远离死亡的幽灵。

突然,房间里鸦雀无声。"甜玫瑰"出现了,进来后用背关上门。

她轻声说:"卡提亚在医疗室休息,我希望你们发发善心,替她隐瞒身体不适的真正原因。"

这个胖胖的姑娘两鬓冒汗,似乎随时会哭出来:"消息一旦传开,我和她都会被学校开除。"

一个与皇家有关联的圣徒死了,放声大笑当然不合时宜。不过,卡提亚的反应太夸张了。

"甜玫瑰"说完,眼泪顺着她的双颊流了下来。

我想,"甜玫瑰"需要这份工作谋生,就像我妈妈一样。

想到这,我心里很难受,默默地移开了目光。

之后……

该学习了。我一边把笔尖蘸到墨水瓶里,一边偷偷观察"甜玫瑰"。她的背脊挺得笔直,像字母"i"一样,坐在高高的讲台上,脸上恢复了学监惯有的严肃神情,但目光迷离。监督我们学习的同时,像法国小说里描写的那样,"思绪游荡"。穿深色长裙、围浅色围裙的侍女们弯着腰四处打扫,她也视而不见。

她看起来很悲伤。

在这浓黑的夜里,笼罩在煤气灯的光晕下,伴着灯发出的嗞嗞声和笔画在纸上的唑唑声,她凝望着窗户，仿佛被冷霜冻住了。

她看到了什么？

她的梦吗……

突然，我的梦也消失了。我感觉很累。练了一早上的腿和一下午的背。还学了一小时的钢琴、一小时的宗教和一小时的文学。

想到这儿，我灵机一动：我要抄一句我最喜欢的诗人普希金的诗。要是"甜玫瑰"问我在干什么，我就告诉她：我在学习卡提亚为之自豪不已的俄国诗歌。

普希金写诗，他的生活也是诗。因为他像自己笔下的叶甫盖尼·奥涅金一样为了自己的妻子，死于决斗。现实与小说奇妙地重合了，这是艺术家的特权吗？

> 若放我自由，
> 我将在昏暗的林中
> 轻盈地奔跑……

我也是，若能得到自由，我会"轻盈地奔跑"！可惜，我什么也做不了，只能顺从。也就是去做，不管愿不愿意……

对了，为了获得自由，我们是否必须向当权者说谎？这是个有争议的问题，我曾和娜迪亚讨论过。这会儿，我擦干笔（我把碎布缝在一起，做成一个小球，用来擦笔），合上了日记本。

我打了个呵欠，饿了，也困了。

1916年12月20日

太不走运了！"灰老鼠"回来了，又开始监督我们学习，在她的地盘安营扎寨！她反省过自己的过错吗？她看起来前所未有的严厉，尖刻的话语和惩罚随时扑面而来。

真可怕！我没法忍受……

我从桌子里拿出日记本！孤独地拿着一本俄法词典，开始写我的生活。妈妈说得对：写日记让我好受多了。最终，在纸上记录，成为我生活中的重要寄托。

我，柳芭·米勒，

在学校

在家

在课堂上

总是默默无闻

但是，今早的芭蕾舞课上，我完全变了个样。想不到吧，以往我总是尽量降低自己的存在感。

除了战争（和战争之外的东西），我也有权利寻找快乐，对吗？越是艰难的时刻，越是应该珍惜命运赐给我们的小小幸福。现在，命运赐给我幸福，无限的幸福！

因此……

在化妆间，褪去身上的皮，我们化身为蝶，不情愿地走进教室……

上身穿着圆袖的短背心，双臂露在外面自由摆动。下身是短短的蓬蓬裙，刚刚过膝，就像真正的芭

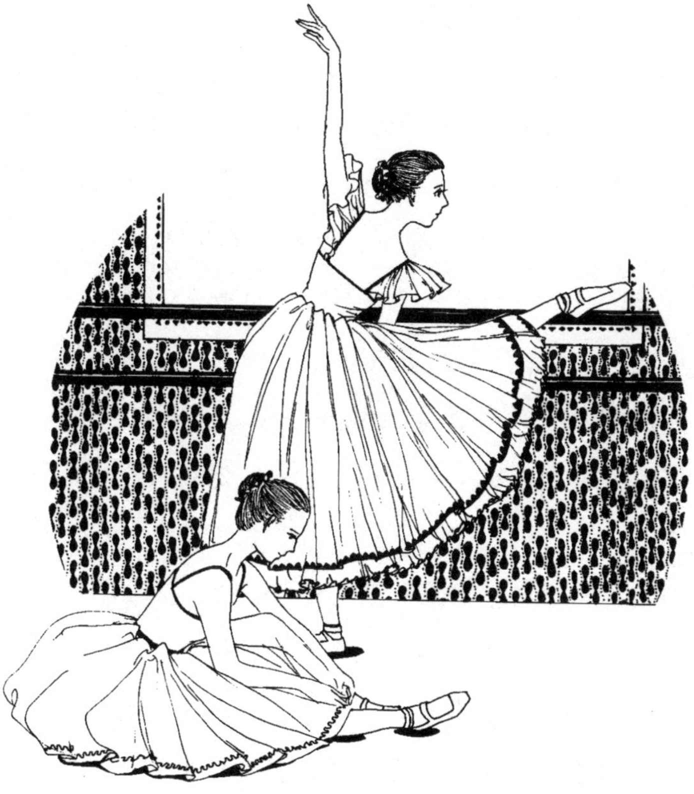

蕾舞裙一样。为了防止走光，里面是紧身打底裤。腿上呢，则穿着白色的长袜。

我唯一的出路就是成为芭蕾舞演员。

说真的，这很难。而且随着时间一天天过去，我越来越厌烦练舞，我开始怀疑自己是否真的热爱跳舞。

我很羡慕娜迪亚，她似乎永不倦怠……

她向我袒露："即使练舞鞋是黑色的，一旦穿上，在我心里，它就变成了童话里的红舞鞋。我只剩一个念头：跳舞！"

我呢，更多的是勉强自己跳。是舞蹈老师的错吗？可能吧。V夫人一点儿也不赏识我。她总是不断申明："我不会优待任何人。"在我听来，她的意思是指我能进学校全靠维尔西尼先生帮忙。

维尔西尼先生认识很多权贵，这让我有机会参加入学选拔。一百个女孩里选十个，其中就有我。然后呢？我真的走后门了吗？要是我没点本事，他们会让我待在皇家学院吗？

我很想这样问V夫人，可是我不敢。我了解她。她是一个我们不能质疑的"大人物"。我只能默默将她蛇一样刺心的话吞下去,在她充满敌意或冷漠的目光下练舞。没什么大不了的,要得到赞扬,只能自己加倍努力。

我希望有一天,我能当面唾弃V夫人,告诉她因为有了她,我才讨厌学校……

半个小时的扶杆练习结束,我们来到中间。站在宽大的练舞厅里,我常感觉自己又渺小又孤独。

V夫人拿出舞棒(她地位的象征!),撩开扶杆后的紫红色帘子,练舞镜露了出来。我们站成两排,面向镜子。V夫人挥动舞棒一下一下敲地,打出"1,2,3,4"的节奏,或者用来教训偷懒和走神的学生。只要做得不对,就会被无情地打一下:膝盖伸得不对,背驼了,肘太硬了……

她吩咐弹钢琴的"小驼背"弹柔板。

"小驼背"这个外号由来已久。亚历山大二世在位时,她就在学校弹钢琴了。如今她至少80岁了,尖尖的脸,头发花白,头上盘着一条细细的发辫。

"小驼背"坐在角落里,整个人几乎被面前巨大无比的钢琴淹没。这会儿她倾身向前,弹起肖邦的夜曲。温柔的音乐让V夫人的动作也变得柔软起来。

她夹起舞棒，指导我们跳慢板舞步。这个老女人40岁了，早过了撩起长裙、抬起双脚跳舞的年龄，只能双手动来动去给我们做示范。

口中念念有词（当然，说的是法语）："向后抬腿，胳膊伸直，单足旋转一圈，保持平衡，手脚协调……"

芭蕾舞源自法国：这一点决不能忘记！我一向引以为傲，哪怕V夫人曾在课上对我口出恶言，称："法国人和跳舞完全沾不上边。"

总之……我和其他人认真记着舞步。这时，有人敲门。V夫人示意钢琴停。"甜玫瑰"（在被人遗忘的角落看我们练习）连忙站起来。门开了，是学院主任L夫人。

真想不到。L夫人走了进来，衣着华美，气质高贵如皇后，身后还跟着一个手拿记录册的秘书。她先跟倾身向前的V夫人问好，然后对我们说："小姐们，早上好。"

我们恭敬地行完屈膝礼，然后低下头，垂着眼，不敢抬头看L夫人。"甜玫瑰"则赶紧拿过来一把椅子，请上司坐下。

对着L夫人，V夫人没了平日的趾高气扬，唇边挂着谄媚的微笑，笨拙地恭维道："您屈尊前来，我们深感荣幸……"

我好像有点邪恶。看着说一不二的V夫人卑躬屈膝，我心里乐开了花。L夫人坐下后，"甜玫瑰"和女仆站在她身后，讨厌的V夫人又重拾她的权威，以出乎意外的温柔语调命令我们："小姐们，继续练习！向后抬腿……"

舞棒又回到她手中。

突然间，我全身如通电似的，前所未有的激动。我的心害怕得怦怦直跳，但我尽力专注于舞步。我想让L夫人满意，想向她证明我不是最笨的学生，我进学校没走后门（尽管V夫人不乐意我这么做）。

第一次我感觉到这里属于我，练舞厅不再是吞没我的庞然大物。我想我的慢板跳得很美，因为我将去玛丽剧院的舞台上跳……

L夫人做的决定。她过来是为了给次日（周三）上演的芭蕾舞剧《伊斯拉美》挑演员。玛丽剧院周三和周六才有芭蕾演出，其他时间都是歌剧。秘书记下我的名字。主任一走，V夫人就冷冰冰地说："有志者事竟成，看柳芭就知道了。"

我在心里答道："抓狂吧，抓狂吧！"然后心满意足地笑了。

去玛丽剧院跳舞……

我的头晕乎乎的，就像圣诞夜里喝过香槟似的！我大胆地猜想：在后台会不会见到他？我把他的名字写在日记本上：乔治……

好吧。我终于敢提到他了。

今天，我好像拥有无尽的勇气，敢于直面自己了。

1916年12月21日

参演芭蕾的日子

学习时，准备离校时，我一直奋笔疾书，想借此缓解我的紧张不安。哦，太激动了！

昨天，我吓坏了。

差点被"灰老鼠"逮住。要不是她走下讲台时脚扭了一下，我就完蛋了！她"哎哟"叫了一声，我在最后关头警醒过来，迅速把日记本扔到抽屉里，再拿出诗歌读本。她正好走到我面前。

"柳芭，你在干什么？"

"我把一首俄罗斯诗歌翻译成法文。"

她法语不好，应该不会冒险查证！她僵在原地，脸上一片气恼。卡提亚并非来自大富之家，平时没什么机会说法语。

我从容地打开书，投入地读。

我忘却世间纷扰。沉寂中，
我熏熏然陶醉于美梦，
感觉到诗在身上苏醒！

普希金的诗。

"灰老鼠"自讨没趣地走了。我长舒一口气。要是她当场抓住我开小差,肯定会毫不手软地取消我的演出资格或圣诞假期。

还有比这更糟糕的惩罚吗?

我手里拿着笔,心不在焉地想着种种后果。然后我写下:不能出现在玛丽剧院的舞台上,不能见到乔治,可能是最糟糕的……

瞬间,我为自己的想法感到羞愧。这么想,辜负了妈妈对我的爱,也对不起维尔西尼先生,我是个坏女孩吧?乖女孩应该把节日里和家人团聚放在第一位。可惜,我还是坚持己见。

乔治是学校里最帅的男生……他有个俄语昵称叫"尤拉",可我更喜欢叫他"乔治",这个名字更优雅、更时尚、更"帅"……就像他本人。高高的额头,细长的眼睛,王子一样的气度,无与伦比。

乔治。

我会成为他的天鹅公主吗?

他会是我的齐格弗里德王子吗?

噢,我多希望……

好吧,我也开始作诗了!

现在我最苦恼的是我们分开学舞。女生一边,男生一边。只有上舞台表演时我才能见到他。唉,别的女生已是《胡桃夹子》或《舞姬》中的常客,我却还傻傻地看着学校四角的天空。只见那么一两次,乔治肯定对我毫无印象……真让人失望,对吧?我不能让自己止步于此!如果,噢,如果他常常见到我,他就会想起我。

我发誓一定要做到!

1916年12月24日,下午2点左右

我从美梦中醒过来。

惊醒?

是的。

我得整理下思路,于是拿出日记本。今天,我遇到什么了?没什么大事。"甜玫瑰"端坐在讲台上,可以稍稍喘息一下了。

今天是离校的日子！再过5分钟（或者半个小时），妈妈就来接我"回家"过圣诞节。我一心等着侍女从一楼爬上来，出现在教室门口，气喘吁吁地叫我："柳芭·米勒，请到门房。"等待的间隙里，我拿起笔写日记。

距离去玛丽剧院已三天……

在那儿，意想不到的事发生了……

我曾经忽略的"某样东西"……

下午4点，维尔西尼先生家的小房间里

我突然停笔，因为妈妈来找我了！

我把笔和本子放进包里（当然不能把我灵魂的伴侣扔下），向卡提亚行了个礼，加快脚步走向侍女。

这是个不那么漂亮的女孩（不比我们中班的学生

大多少），她脸上长年挂着痛苦的表情：是一直牙疼呢，还是因爱而悲伤？巴黎人总是异想天开！

她先陪我下楼，去更衣室换外出的衣服。我们的衣服都挂在编了号的挂钩上。我快速地套上大衣，戴上绒帽，坐在排成一圈一圈的凳子上，套上雪地靴。"苦命人"在一旁呻吟："小姐，别忘了手笼。"

"好的。"

我立刻把冻僵的双手放进热乎乎的绒球里！怕弄丢，我还专门将丝带绕在脖子上。装扮好了！

我们下楼去。妈妈在门房那儿等着我，一如既往戴着黑色的帽子，穿着厚厚的皮大衣。旁边还站着两个家长。这时，门卫走出来，叫"苦命人"去教室找那两位女士的女儿。

"瓦尔瓦娜，快点，别磨磨蹭蹭的！"

"苦命人"就像一条被鞭策的狗，跑来跑去的。突然间，我很同情她。不是牙疼，也不是心碎，在这儿，她只是个不幸的人，和其他人一样。在她走之前，我提高嗓音祝她"圣诞快乐"，我想她会高兴地流泪吧。

为什么我要详细地描述这一幕呢?

和"意想不到的事"相比,这件事微不足道。但它以另一种方式铭刻在我心里。我要不是运气好,现在的处境可能和"苦命的瓦尔瓦娜"差不多……

没有维尔西尼先生,我和妈妈将一无所有。

坐在回家的电车上,我一路沉思着。天色渐渐暗了下来,远处驶来一辆马车,四周挂着灯笼。灯光映在雪地上,一闪而过。"铃铃铃"的声响交织着马奔跑的声音,回荡在夜色中。有那么一会儿,我忘记了"意想不到的事"……

总关在学校里,难得有机会呼吸大城市的空气,坐着现代化的交通工具——电车,我觉得很兴奋。我们生活在20世纪了,总不能一直坐马车吧?

还是应该坐坐"电车",活动活动关节,哪怕电车上满是人。我和妈妈就挤在或流汗或发抖的人群中。

这时,一个十六七岁的男孩从长椅上站起来,给妈妈让座(尽管他还不够礼貌,没对妈妈脱帽致意),

妈妈接受了。男孩就站在我旁边,近得我能闻到他衣服上潮湿的味道。

不经意间,我们视线相交……作为一个淑女,我飞快地垂下了双眼。不过,还是瞟到他有一双清澈的蓝眼睛。我不由得回想乔治的眼睛是什么颜色的。褐色?应该是吧。这种迟疑让我很沮丧。说真的,我对乔治不太了解……

在玛丽剧院,我又失去了进一步了解他的机会。就因为那"意想不到的事"。我曾经忽略的"东西"给了我重重一击……

还是在我的小房间里

写着写着有点冷,披一件外套吧。

好了。

我边咬着笔头(嘴里有种木头的味道),边努力回忆"芭蕾日"当天的种种波折。从头开始说起吧。

下午5点左右,幸运的入选者,塔玛拉、娜迪亚和我,全身裹得严严实实的,走下楼梯,来到白雪皑皑的庭院。天黑了,很冷,我的心却怦怦直跳:乔治,乔治,乔治……

我的身体因此变得暖和起来!我甚至忘了离校是为了跳舞。我将见到他,和他不期而遇,擦肩而过,或者和他说几句话……

透过墙上筒灯散发的光芒,依稀可见颗颗雪粒围绕着我们飞舞。我仿佛已置身于舞台。来自皇宫的黑色四轮马车正等着我们,拉车的马四蹄在雪地里来回踏动。

我们当然不可能走着或坐汽车去剧院。"我们的车"全彼得格勒无人不知。马车所到之处,人们总是小声嘀咕:"看,皇家的舞者……"事实上,马车像个密封的盒子,把我们遮得严严实实的,人们根本看不到我们。

不远处,另一辆一模一样的马车已载着男生们驶出大门。乔治就在车上吧?希望如此!

车夫迅速打开车门,让我们进去。"灰老鼠"开始抱怨了:"看吧,让你们快点!"

她将一路跟着我们(没必要细说),年轻的女孩们出门"必须"有长者陪同。我们面对面地挤在长椅上,"灰老鼠"也在。车夫关上门。

马车摇摇晃晃地出发了。沿路碾过雪地,发出噼噼啪啪的声音……这让我想起"神僧"死去的那一晚……

不知怎么的,一股焦虑弥漫全身,刺痛我身体里每一个细胞。学校之外,发生着一些可怕的事。而我们若无其事地上台表演,仿佛什么也没发生过,仿佛战争或更糟糕的事并不存在……

突然间,我觉得这一切如此荒谬而又悲哀!龟缩在帷幕低垂、明暗不定的马车里,我感觉自己正驶向未知的恐怖……

不是恐惧,而是一种莫可名状的感觉。一种预感。

这一刻,我甚至忘了乔治。

幸好,马车冲进玛丽剧院后面的庭院,慢慢停在

"艺术家入口"。我的梦又回来了……

乔治……

他近在咫尺吧，就在这里的某个地方？应该是……我得耐心等。在后台和他重逢之前，还有别的程序要走。

对此，我们已烂熟于心。我们得先化妆、换装、梳发。在《伊斯拉美》里，女孩们扮演后妃，要在舞台深处翩翩起舞，优雅地舞动双臂。就这样，没别的了。男孩们呢，要在庭院或花园一角"花枝招展"。戴头巾，挎长刀，穿蓬松的长裤。至少是这样！

等待上台时，我们会和"灰老鼠"关在一起，坐在学院专属的小房间里。上台前几分钟，导演会专门派一个男孩来叫我们，带我们去后台。

要是运气好的话，就能见到乔治……

突然，一种新的焦虑袭来。一种别样的、美妙的焦虑。就像灰姑娘遇见白马王子后匆匆逃出舞会……

我从椅子上站起来。

"柳芭，等门开了再出去。"

我只好再坐下去。

可是车夫迟迟不开门。我们听见他在和别人说话（或者是交涉）。他们冒着雪，围着马车不知在说些什么。

"灰老鼠"不耐烦地问："到底怎么了？"

这时，车夫敲了敲窗户。"灰老鼠"拉开帘子。被雪濡湿的皮帽下，是车夫惊慌失措的脸。

他大声叫道："小姐们，没办法下车！剧院出事了！剧院的技工罢工了：门口站满了罢工的人。"

"那去正门！"

"没用，通道都被罢工的人堵住了！"

娜迪亚长吸一口气："是不想让我们去跳舞吗？"

"太抬举你们和你们的舞蹈了！""灰老鼠"讽刺道，"这是罢工。罢工，明白吗？"

不，不明白。罢工？我从没听过这个词。

这就是"意想不到的事"……

在昏暗的马车里，我屏住呼吸。我看见娜迪亚瞪着双眼，原本神采奕奕的眼睛一下子黯淡无光。我呢，也是这样。我想塔玛拉也好不到哪儿去。

车夫又说道："前面那辆马车开始掉头了。"

"灰老鼠"让他跟上去。这意味着演出取消，我们跳不了舞了。

面对这让人悲伤的一幕,泪水模糊了我们的双眼。罢工的人夺去了我们"荣耀的时刻",我们灰暗的生活中罕见而宝贵的时刻……

这一刻,上舞台的种种不适被我抛在脑后。我哭了。哭得比同伴还伤心,哭得比11岁那年更伤心。对我来说,哭还有一个缘由,唯一的、真正的缘由,属于成年人的缘由:

乔治。

马车掉头离开庭院时,车外进出几句脏话。骂我们的吗?

卡提亚不由感叹:"这个剧院再也不适合有特权的年轻女孩来了。"

没人回应。她喃喃自语着:"在彼得格勒,还有别的专为有特权的年轻女孩而设的地方吗?"

她的话音颤抖,似乎藏着某种隐秘的兴奋。我打了个寒战,心想:她真的很讨厌我们。

为什么呢?她凭什么恨我们?

正是有我们这些"有特权"的年轻女孩,她才有工作，才有片瓦遮顶……她还想怎么样呢？

　　见鬼！有人敲门！
　　"亲爱的，来喝茶。"
　　门外是我妈妈。
　　"好的，就来。"
　　时间过得真快，不知不觉间已经很晚了。圣诞的脚步越来越近……

1916年12月25日9点

维尔西尼先生家，我的小房间里

　　今天早上，我没下楼和"家里人"一起吃早饭，而是穿着睡衣写日记。现在有点儿冷！每到圣诞节，我总是很忧伤。
　　写作，给我安慰。

空气中弥漫的橘子和枞树香，闪烁的烛光，融化的蜡油散发出的气味，锡纸不时发出的噼啪声，小维尔西尼们的阵阵欢笑……这快乐的一切刺穿了我的心。

这里不是"我家"，我也不是做客的客人，我感觉自己是个多余的人，一个没有归属的人。在幸福的时刻，这种感觉比以往更强烈。

客厅里闪闪发光的树不属于我，我走上前时局促不安；装在我鞋里的礼物，和海伦、伯瑞斯奢华的玩具相比，平平无奇。即便今年爆发了战争，他们仍然备受宠爱。

我只能不断告诉自己：他们没有妈妈，他们还这么小……

那我呢，父亲走了，我成了孤女。谁来关心我？一到圣诞节，我就得面对我现实中的角色：无关紧要的人，被好心的伊万·谢尔盖耶维奇先生收留，只因我的妈妈宝琳娜·米勒是他孩子的家庭教师。

每年，我都幻想着……

12月25日早上，有人敲门，门开了，一个男人走进来，身上落满雪。是我爸爸！他急切地说："我来看我的女儿。"我冲进他怀里。他温柔地在我耳边低语："圣诞快乐，爱美。"柳芭在法语里是"爱美"——被爱的人。

从很小的时候起，我一直等着爸爸以这种方式出现。一个又一个圣诞过去了，爸爸始终没有踏进维尔西尼先生家的门。儿时的梦终究是一场空。现在，不会有人穿越血与火的欧洲，从巴黎来彼得堡。

爸爸不会冒险出现。

这会儿，他在哪？在做什么？他参军了吗？我希望不会！从维尔西尼扔掉的旧杂志上，我看到很多战壕的图片。我不想看到爸爸也身陷其中，遭遇不幸或受伤。即使我从没见过他，即使他犯了错。按妈妈的说法，他无恶不作，七宗罪样样不落。

妈妈有点夸大其词了。

写下的这些，我很想告诉乔治。不知道为什么，就算是娜迪亚，我也不敢和她说。她可能没法理解我。舞蹈占据了她全部的生活。除了舞蹈，我这个最好的朋友什么也不关心。不像我，总是浮想联翩。

对了，今年圣诞节，伊万·谢尔盖耶维奇送给我一个蝴蝶胸针。蝴蝶的身体是一颗黄色的珍珠，翅膀是雕得很精致的金色花饰。

我把它放在桌上。这样，写日记的时候可以不时欣赏一下。

提笔写字时，它顶端小小的绿色触角不时颤动，似乎要振翅飞翔！

这份意想不到的礼物让我大吃了一惊。因为一直以来，妈妈的雇主都只是给我一些不值钱的小玩意。

他今年怎么了？

子夜弥撒过后的圣诞大餐……

每次都是"家庭聚餐"。往常，伊万·谢尔盖耶维奇先生会邀请他的表兄弟、朋友来做客。可这次，他并没有大宴宾客。只有他的孩子、我的妈妈"忠实的宝琳娜"和我。

他甚至勉为其难地带我们去圣尼古拉教堂。海伦一直烦他，他只好让步。最终，我们发动维尔西尼先生做司机，挤在他车上（因为我们都穿着笨重的大

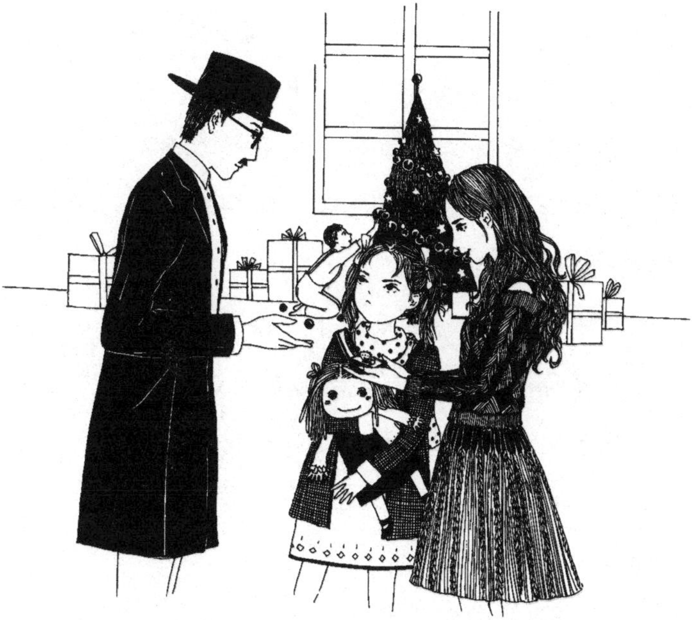

衣，戴着绒帽）去教堂。

海伦、妈妈和我坐在后面，伯瑞斯则端坐在父亲身边。外面下着雪，车开得很慢，不可能达到"每小时28公里"。

慵懒的、摇摇摆摆的雪花落满了玻璃窗，一路伴着我们。它的舞姿似乎正应和着雪中沉闷的钟声。

这就是所谓的联想吗？快到教堂时，伊万·谢尔盖耶维奇回头跟妈妈抱怨："我突然想到，他们把'格里切卡'葬在教堂！"

我不由一颤："格里切卡"是对格里高利·拉斯普京的蔑称。在圣诞夜提起那个众说纷纭的"主角"有点不合时宜，我猜妈妈也是这么想的。

她不那么坚定地反驳道："他接受过洗礼，有权举行宗教葬礼。"

"和接不接受洗礼无关，他犯了罪。"

海伦嚷嚷起来："为什么，爸爸，为什么？"

爸爸低声回道："因为他借皇后之力，导致沙皇和俄国一败涂地。"

这可怕的回答让我震惊，我顾不上礼仪，直接问道:"先生,'一败涂地'的意思是……"

"就是很快会有大变动。在彼得堡,哦对不起,在彼得格勒的银行、交易所、咖啡店……每到一处我都嗅到了变革的味道。这是那个神棍犯下的错……"

他带着嘶哑的嗓音继续说道:"他被当作过街老鼠关了起来。人们杀了他,把他的尸体抛到涅瓦河。但是这些惩罚远不能赎清他的罪。他埋葬了我们神圣的俄罗斯。"

我沉默不语。孩子们也惊惶不定,不发一言。只有妈妈提出质疑:"不,伊万·谢尔盖耶维奇,不管神僧是对是错,如今灾难性的局势都不是他一手造成的。"

她说话时冷静、沉稳,甚至带着一种不屈的态度。仿佛在那一刻,她不再是"下属"。

"这台机器已经破旧不堪,需要革新。拉斯普京不过是其中的一个螺丝钉。"

"机器"应该说的是我们这个帝国吧。维尔西尼先生吃惊地说:"宝琳娜,你说得太过了。不管你在这儿待多少年,你骨子里还是个法国人!"

"你的意思是……"

"你是个革命者!"

这恭维太可怕了!

在我历史书的插图里,"革命者"就是在断头台下挣扎的妖怪,身边还落着两颗被砍掉的头。我被他们的谈话吓坏了,无法呼吸。伊万·谢尔盖耶维奇是不是被妈妈惹怒了?他会不会把我们扔出车外,扔出他的房子,扔出他的生活……刹那间,我害怕极了。突然,他笑了起来,悲伤的。

他最终承认:"亲爱的宝琳娜,我们的看法在本质上是一样的。"接下来的时间里,我们又开始聊天。

而他一言不发。

到做弥撒的地方了……

教堂内烛光明亮,手提香炉叮叮作响,神父身穿金色的祭披,边走边用古老的斯洛文尼亚语唱着赞美诗。宏大的仪式正在进行,伊万·谢尔盖耶维奇却显得忧心忡忡,似乎陷入了深深的思考。他皱着眉,身体不停摇晃,两脚的重心变来变去。做弥撒时,一个虔诚的东正教教徒应该站立不动。

我在想，他是不是被拉斯普京的鬼魂缠上了？

再回到家里……

他放松了些。我意外地发现了他给我的礼物：一个小小的首饰盒。它不是藏在鞋子里，而是放进了我的包里。

维尔西尼先生用这种微妙的方式表明，现在我是少女了。小孩子们仍蹲在树下解礼物——就像海伦和伯瑞斯。有那么几秒钟，我感觉自己比他们重要。

盒子打开，我呆住了……蝴蝶振翅欲飞，想飞出红色丝绒做的牢笼。孩子们找到礼物时惊喜的叫声在我耳边消失。

妈妈轻声说："把胸针别到衣服上吧。"

我两颊绯红地别上了。伊万·谢尔盖耶维奇在一旁低声对我说："柳芭，胸针上的琥珀和你的眼睛很配，注定属于你。"

我有些不好意思，不知道该说什么才好。这时，我发现海伦看着我们，怀里抱着一个微笑的洋娃娃。

我们就在壁炉边的小客厅里用餐，没去大餐厅。

伊万·谢尔盖耶维奇开起了玩笑："战时就要有战时的样子。"其实一点儿也不好笑。我们的圣诞餐很简单：热汤就馅饼（馅有肉有鱼）。然后是白色的奶酪和橘子酱，就一杯苦茶。不过，维尔西尼先生还是开了一瓶香槟（他有一个很棒的酒窖）。在法国葡萄酒的刺激下，他开始问我学校的生活。

说到因为罢工而没能演出时（那时，我突然感到很骄傲，我亲历了那件"无法想象"的事），伊万·谢尔盖耶维奇吓了一跳，对我妈妈说："这事我听过，没想到柳芭深受其害。"

他们对视了下，眼神意味深长……

晚上8点，我的房间

事情总是突如其来！

第一幕

今天早上,我眼疾手快,三两下将日记本和笔藏进抽屉里。海伦来敲门,尖着嗓子问:"可以进来吗?"

绝不能让她知道我"蹩脚"的写作!我盖上墨水瓶,刚刚抓起梳子,门就开了。她仰着明亮的小脸,站在门口,一双榛子色的眼睛深沉地看着我。有人觉得她长得不错。青菜萝卜,各有所好嘛。

她一头及肩的金发,硬得像长棍面包。为了搭配长裙,头上扎着一个天蓝色的缎结。萝拉(她的昵称)走进"我的房间"。

"10分钟后去花园!在这之前,你先下楼喝杯热茶。是你妈妈要求的。"

她才12岁,法语说得相当好。这让我心里很不平衡。

她嘲讽地看我一眼,说:"知道吗,杜尼雅拒绝上来叫你。"

我回道:"这恐怕是第一次有佣人不服从命令吧。"

"当然,不过不是你的佣人,是我爸爸的!"

这让我想起自己低人一等的现状,心里很受伤。

该怎么回答呢？怎么回答才好呢？我若无其事地梳着头，编着辫子。在这里，我总是分裂成两个人。

对着我毫不在意的神情，她不甘心地重启话题："你知道她说什么吗，杜尼雅？"

"她说什么？"

我没敢加一句："这句法语说得太烂了！"肥胖的杜尼雅在维尔西尼家的厨房干了很长时间，和卡瑟琳夫人一起管理家政。不知道为什么，她总是戴着有色眼镜看我。

"好吧，杜尼雅说让你去芭蕾学院，就是为了赶你走。"

那些心情灰暗的日子里，我有时也这么想。不过这并不能阻止我回击她。

"我去是为了做芭蕾舞演员，你呢，被宠坏了，完全没能力做。"

"对不起，我不做是我不需要做。我用不着工作，谁让我出身好呢！"

"我也是。"

"你？不过是个家庭教师的女儿，还差得远呢！"

她说的是事实。我知道。我只能保持沉默。

为什么要记下这些对话?

像古埃及的文书似的,一字不漏地记下这些话之后,我开始问自己为什么。我甚至有冲动撕下这一页。我控制住了。这就是我的生活。除了那些"不可思议的事件",我也要记下"平淡无奇的时刻"(或者说司空见惯的敌意)。也许,很多重要的东西就隐藏在其中……

为沾沾自喜的萝拉鼓掌或者拉扯她的头发?除非我疯了,但……多想无益!她高高在上,她是主人的女儿。她只是来转述事实。"在家里",她为所欲为,特别是撩拨我。

每一次在维尔西尼家,我都会得到这样的待遇。海伦总是不厌其烦地提醒我今天的"一切"都归功于她的父亲!我最终明白……她说的是真的!她也这么对伯瑞斯说。伯瑞斯在一旁鹦鹉学舌,叫个不停:"一切,一切,一切……"

要是在我家，我肯定给他们点颜色看！

现在，该怎么做呢？我只能走到屏风后换衣服。我的梳妆台前挂着一幅花式的帘子，东西放得乱七八糟。

我愤怒地洗完手，穿上内衣、衬裙和一双旧的长筒袜（我一周换两次内衣裤，今天不用），然后穿上波浪褶皱的圣诞上衣和棕色的呢绒裙。

从避难所走出来，我脚下一顿，心提了起来：小维尔西尼站在桌前，手伸着……

"不许碰我的蝴蝶！"我一把抢过胸针，飞快地别在我的衣服上。

萝拉低声嘟囔着："我的眼睛也是琥珀色的。"

"不对！你的眼睛是棕色的，和胸针一点儿也不相配。"

她轻蔑地笑了："只要我想，爸爸会还给我的！"

"还？好像我拿了你的胸针似的！"

"当然是，"她尖着嗓子叫道，"爸爸很早就买了它，应该是给我的！是我的！"

我不甘示弱："那你找他要去吧！"

事实上,我准备好归还胸针了——不辩驳,顺从地还。我以为胸针是伊万·谢尔盖耶维奇特地买给我的,原来是自欺欺人:这是个旧玩意儿。

我流下了眼泪……真是傻瓜!还以为自己多重要!维尔西尼先生只是给我一件遗忘在旧首饰盒里的首饰而已……

我真想摔烂它,就像撕烂这页纸。

可我还是留下了它。

第二幕

我跟着维尔西尼一家去公园……

我很想拒绝。可是,因为胸针,我感觉自己得听维尔西尼先生的。礼物是不是变成了连接给予者和被给予者之间的纽带?我想是吧。我的蝴蝶,轻盈地停在我胸前,藏在大衣里。坐在车里,我再一次感觉到自己在"家"里占有一席之地。

方向:战神广场。孩子们想在那儿试试圣诞礼物:伯瑞斯的雪橇,萝拉的冰鞋。当然,还要享受下难得的阳光,稀薄的光透过蓝天散成一缕一缕……

在流经彼得格勒的涅瓦河畔,我们停了下来。河面结上了冰,像一块平滑的大理石。

维尔西尼先生低声说道:"据说人们把格里切卡扔在这里,尸体12月19号凌晨浮出水面,破冰而出,胳膊伸得直直的,似乎在诅咒我们……"

妈妈提高了嗓音:"伊万·谢尔盖耶维奇,别再想了!"

他简洁有力地反驳道:"我们会一直想。"

好吧,除了我。我看了眼结冰的河面,那儿,很多人在滑冰。

海伦闹着要去滑冰。

他没听到。双眼看着对岸的彼得保罗要塞,陷入了沉思。要塞内的大教堂尖顶直入云霄。

他在忧心什么呢?拉斯普京?还是更令人不安的事?

伯瑞斯叫了起来:"爸爸,我冷!"

他回过神来,从后备箱里拿出雪橇。这时,妈妈帮坐在台阶上的萝拉穿好冰鞋。

我觉得,她去公园结冰的池子里玩玩就可以了。

想法有点邪恶？是的。不过，这个自以为是的小女孩值得更好地对待吗？她和弟弟坐在雪橇上，伊万·谢尔盖耶维奇把他们推到池边。那儿已有一群孩子滑来滑去，个个包得严严实实的，父母或者女佣守在一旁。

人潮拥挤。正如普希金所说，"神奇的冬日"施展白色的魔法，让人忘却了战争和其他纷扰……

我和妈妈亦步亦趋地跟在维尔西尼先生后面，边走边说着话，口中呼出一团团白气。交谈虽短暂，但我很开心：我终于单独和妈妈在一起了。

她微笑着跟我说："真可惜，你不能穿上冰鞋滑冰。不过这太危险了，要是脚踝受伤，就不得不告别舞蹈生涯！"

我耸耸肩，就像我丝毫不在意跳舞这件事……

写下这句话的时候，我还对自己的反应茫然不解。8岁起，我就被告知要做芭蕾舞者，也被反复灌输舞蹈是我生命中最重要的事。然而，就在今天早上，我突然发现并非如此。难道是因为我已从芭蕾学院破茧而出？可能吧，也可能是别的神秘莫测的原因，被我忽略的原因……

我靠在妈妈怀中，看着沙皇的宫殿——冬宫。它离得并不远，近在咫尺。白雪覆盖下，我感觉它红得耀眼……莫名的，我的心情低沉起来。

就在这时，雪球击中了我的后背，一个，两个，三个！我恼怒地转过身。一帮男孩大笑着跑走。他们迅速地消失在白雪皑皑的杉树丛中，不过我还是看到他们穿着芭蕾舞学院的制服：长大衣，镀金的纽扣；镶着纪念章的帽子，竖琴造型让人印象深刻。

我惊呆了。

乔治……

他在里面吗？我没见到。谁知道呢？

妈妈担忧的声音响起："这些笨蛋欺负你了？"

"没有。"

我总是处处受气。我很想哭。没来由地怨恨起乔治，就像他真的在那帮男孩子中间。我一句话也说不出来。

第三幕

池边……

游人散着步,每个人都裹着皮大衣,穿着皮靴,戴着皮帽,在我看来,就像一群行动迟缓的熊。有人饶有兴致地观看着有趣的一幕:皮绳一端,小狗欢快地在雪中打滚,丝毫不理会女主人的拉扯。

我也禁不住笑了。这时,我发现前面三步远的地方,一个穿着寒碜的女人,挽着一个高高的孩子,闷闷不乐地看着满地打滚的小狗。这个女人是……"灰老鼠"!

真是意外之喜啊!

既然整个学院的人都来战争广场了,显而易见,我有可能遇见乔治。可,现实是残酷的:我遇见了最不想遇见的人!我满脸通红,不敢相信见到了这个老是板着脸的女人。我竭力往妈妈背后躲。

太迟了!

她看到我了,她的同伴也看到我了。

一双清澈的蓝眼睛注视着我们——似曾相识……

"电车上!"我想起来了。

"妈妈,是电车上给你让座的男孩。"

两人走了过来。我不得不先向卡提亚·彼得罗芙娜屈膝行礼，然后用微不可闻的声音，结结巴巴地向妈妈和维尔西尼先生介绍她。他们极有礼貌地用法语跟"灰老鼠"打招呼。我敢打赌，他们在挤兑她。她的法语差得一塌糊涂，还不得不说。

"我，芭蕾舞学院的学监。"她又重申一次（好像妈妈他们没听懂我语无伦次的话），"那儿，弟弟，我的，尤利·彼得罗维奇·夏哈耶夫。他，学生，学戏剧。"

男孩脚下嘎吱作响，他向妈妈欠了欠身，彬彬有礼地问道："我们见过，是吗？"

他说得含糊不清。妈妈向伊万·谢尔盖耶维奇讲述了一遍"这个年轻人多么有礼貌"。妈妈真是高雅不凡！我发现她能去皇宫参加觐见。

尤利·彼得罗维奇冲着我微笑，他也认出我了。我敢肯定在介绍之前他就认出我了。他"看着"我！我的心好像被舒服地挠了一下。

不管怎么说，吸引我敌人的弟弟的注意，总是让人愉悦的。娜迪亚会怎么想呢？我要不要和她谈谈尤利·彼得罗维奇?

可能不会吧。

我们聊了聊寒冷、白雪和冬日之美之类的话题,两姐弟就告辞了。看着他们远去的背影,妈妈低声发表意见:"姐姐很不错。"

"不错?"我简直不敢把这个词和"灰老鼠"联系起来。在我看来,更适合她的词是:邪恶、虐待狂或讨人厌……

妈妈接着说:"她受过教育。"我一点儿也不惊讶,卡提亚可能是某个穷公务员的女儿,为了供弟弟上学不得不工作。

还有什么呢?我笑起来:"好啦,就一眼能看出什么?你的想象力太丰富了!对我们学院的学生来说,她就是一只灰老鼠!"

伊万·谢尔盖耶维奇在一旁问道:"谁给她取的外号?"

我只好承认是我。他大笑:"柳芭,你也挺有想象力的。"

这称赞真是深得我心。我冲维尔西尼先生笑笑，不再埋怨他塞给我一只旧胸针。其实，戴上胸针时，我很高兴。

这时，在池边滑来滑去的海伦尖叫起来："爸爸，看我！"

伊万·谢尔盖耶维奇把我抛在脑后，专心为女儿喝彩。我呢，看伯瑞斯的雪橇陷在雪地里一动不动，跑去帮他。

一瞬间，我的心情无比开朗，不仅是因为主人表扬了我……

我要不要告诉妈妈神僧死去的那天，卡提亚·彼得罗芙娜精神失常的事？

我想了又想，最终还是掐灭了这个想法，我也不知道为什么。

1917年1月4日，下午3点

学院教室

新的一年开始了。我拖着铅一般沉重的脚步重回牢笼。没想到，等待我的是天大的惊喜，就像从笼子缝隙里塞进去一小块糖，抚慰被囚禁在里面的鸟。我要去皇宫，为沙皇尼古拉二世跳舞！

今晚，在叶卡捷琳娜宫，即沙皇的行宫，将举办欢迎法国使节的新年晚会。富丽堂皇的叶卡捷琳娜宫位于彼得格勒近郊，里面有法式花园，沙皇一家常住在那儿。

午夜时分，有舞蹈演出。我和塔玛拉、娜迪亚会出场！主任选我们是为了补偿"去年"未能演出的遗憾吗？不管怎么样，我们被选中了。

这会儿，我的双脚轻飘飘的，离开了地面，我要提前飞了！想想看，我会在沙皇面前表演几分钟！

我想开怀大笑，又害怕得想哭。我一遍遍在脑海中重复《爱之传奇》的舞步。舞步我早已烂熟于心。这出芭蕾舞剧学院的学生跳过很多次。我们也经常练习。剧情很简单：总爱拿箭射人的丘比特，终于自食其果了。爱神疯狂地陷入爱恋！大部分时间，这个角色都是和一个女孩共舞。但……谁知道呢？

如果（我敢写出来吗？好吧，我敢。）……如果乔治被选中演这个角色呢？爱神，太适合他了！

门开了，"苦命人"瓦尔瓦娜来叫我们……

舞蹈万岁，沙皇万岁，乔治万岁！

1917年1月5日

我得迅速整理下思路！

希望写作能理清自我。我感觉自己散成了无数块碎片。这樱桃色的本子对我格外有用：写作让我得到安慰。写得越多，越认识自我。

我并不是无的放矢：乔治和我们一起跳舞了。好吧，事实是，他没看过我一眼。不过，我们一起坐车去叶卡捷琳娜宫。负责送我们去的学监之一索菲亚·雅科夫娜解释说30俄里太远了，没法坐"尊贵的四轮马车"去。

我悄悄和娜迪亚说："'灰老鼠'消失了！世界都清净了！"

娜迪亚没有反应。我脑子出现了这样的画面："灰老鼠"见中级班的一个"年轻人"时，得了黄疸。噢，他在那！我整个人混乱了，简直不敢相信自己的眼睛。

我们挤坐在长椅上，乔治坐在对面的折叠椅上，旁边是瓦尔瓦娜（考虑到她的地位，也没有更好的座位了）。导演雷奥尼德·谢美欧诺维奇则坐在司机旁边。学院第一次让男女生坐在一起。"战时要有战时的样子！"战争的确打破了常规。

太幸运了！

逃离了"灰老鼠"的魔爪,彼得格勒最帅的男生离我只有30公分!我激动得说不出话来,沙皇、舞蹈都被我抛在了脑后。

我向后靠,偷偷瞟一眼乔治。这梦幻般的日子里,他棱角分明的脸看起来像一幅王子的肖像画,静静凝视着雪景,思考着……我说得太文艺了点——受妈妈的影响!很可能,乔治只是为坐在女孩子中间而局促不安。

想到这,我在心里拟定了无数和他聊天的开场白。可我一句也说不出口。一旁的娜迪亚带着奇怪的表情看我,看得我毛骨悚然……她悄悄在我耳边说:"你看尤拉的样子很傻……"

我慌了。她是暗示我在"尤拉"(她又用了这个土里土气的俄语名字)面前傻乎乎地张着嘴,很可笑?

我瞅她一眼:"什么很傻的样子?"

她脸红了。我呆住了。她想着尤拉,就像我想着乔治?我们迷恋同一个白马王子?

我拒绝想这个棘手的问题。幸好,我们到目的地了。夜幕已降临。

在叶卡捷琳娜宫

白雪覆盖的宫殿,看起来像林中的睡美人。哎,童话终归是童话。现实里穿着长靴的士兵守卫着每一处入口、要道。战争就潜伏在廊柱之间。只有二楼的窗子里灯火辉煌。

索菲亚·雅科夫娜小声说:"那里是舞厅。"

……就是我们要跳舞的地方!

恐惧感突然袭来,我下车时全身僵硬,在雪中绊了一下,跟着其他人走向宫殿入口。瓦尔瓦娜抱着一大堆服装,走在最后。

路上,我看到光秃秃的树下整齐地停着几辆汽车和一些四轮马车。马都拉进了马厩,马腿上还绑着厚厚的布防寒。司机和马车夫都坐在小亭子里,旁边烧着木堆。木头燃烧的气味温暖了冒着寒气的夜。

有那么一瞬间,我忘记了战争。眼前的一切看来一片祥和，无尽的祥和。不知为何，我眼中满含泪水。

之后……时间一点点过去。在一间装饰精美的小房间里，雷奥尼德·谢美欧诺维奇指导我们跳了好几次煽情的《爱之传奇》。然后，乔治、塔玛拉、娜迪亚和我坐在蓝椅上等待。我镇定了一些。

等待期间，服务员搬来一张圆桌，上面放着茶杯、法式小点心和橘子。可惜，索菲亚在一旁告诫我们："吃了没法好好跳舞！"我们吓得不敢伸手！

远处传来乐声，是我们上场的旋律。我开始发抖。

沙皇要看我跳舞……

我怕得想躲进壁橱里！我的同学们也和我一样吗？透过巨大的镜子，我看到女孩们脸色苍白。乔治呢，脸都绿了。

我安心了。

我的心理很正常，我不是奇怪的动物。

我看到镜中的自己很漂亮，穿着粉红色的丝裙，

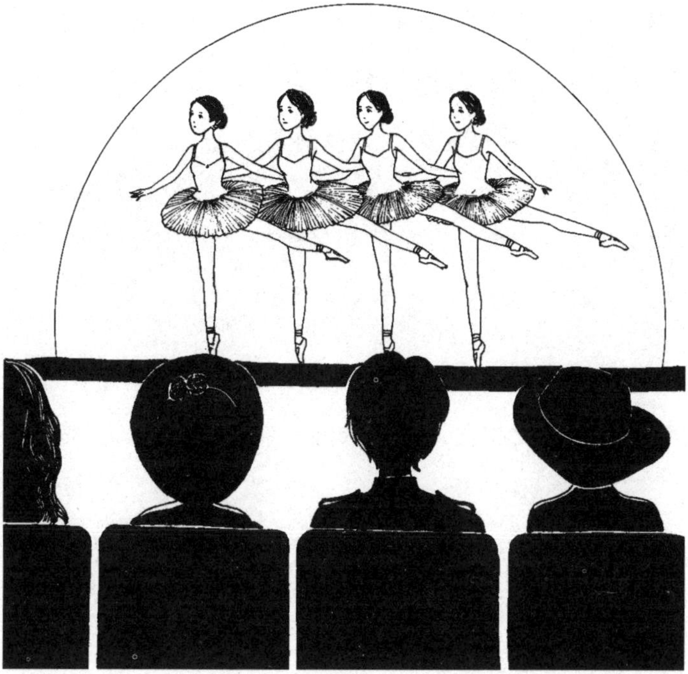

背着一对小小的翅膀,头发上满是鲜花!这让我找回了点勇气。

我的得意转瞬即逝,很快就自食其果。为什么我要沾沾自喜地自我欣赏?为什么我不能低垂着眼,不去观望镜中影?这样,就不会无意间发现娜迪亚和"我的"乔治对视良久,相视而笑……

幻想如肥皂泡,当场破灭。我的双眼针扎一样地疼。

舞厅里摆放着一排排红色丝绒的座椅,客人们已就座。塔玛拉和我,踏着舞步,向两旁撒着花瓣……

之后,爱神乔治出现。这一幕如磐石,压碎了我的心。生活是苦涩的……或是充满嘲讽的。唉。尽管心中失望之极,我还是从花篮里拿出花瓣,优雅地撒向四周,边撒边想:"陛下在哪儿?"

光影闪烁,身着燕尾服的男人、珠光宝气的女人,我满目晕眩,什么也看不到,摸索着继续扮演自己的角色。之后,我和塔玛拉站到一边,让位给乔治。

他身着短衣，半裸上身，一手持弓，跃起，在空中旋转一圈。娜迪亚踮着脚尖，连续旋转着出场了。丘比特尾随她，拿出箭射她。最后，箭却射中了自己，是脚本的安排，抑或命运的安排？他拖着慵懒的步伐和娜迪亚跳起华尔兹……

我移开目光。

啊，我看到了，沙皇……

第一排，一个脸色苍白、胡子稀疏的男人，穿着样式简单的灰色高加索长衫，正示意大家鼓掌。

是他，一定是他。

尼古拉二世。

他不示意，没人能鼓掌。坐在他旁边的是一个年轻女孩，非常漂亮，穿着白色绸缎裙，戴着长筒手套，开始鼓掌。

女大公塔提亚娜。

我认识她。这让我心跳加速。今晚，这个皇家的公主是代表皇后出席吧？看来，亚历山德拉皇后自神僧死后一直身体不适。刚才索菲亚·雅科夫娜和雷奥尼德·谢美欧诺维奇说起过。和其他人一起屈膝行礼时，我脑子里还萦绕着这些问题。

我不敢再看沙皇和他的女儿。他们高高在上，而我是谁呢？"被支配"的一员，一个微不足道的小人物。

《神佑沙皇》的旋律响起，所有人或起立或跪下，同声高唱。声震云霄。

我哭了，莫名的，泪流不止。

1917年1月7日，下午5点

我刚刚接受了主任L夫人的传唤，真难挨！

还好现在监督我们学习的是"甜玫瑰"。我可以拿出本子写日记。她管得比以往还松，站在门口，陷入悲伤的沉思。塔玛拉说，她在等出征的未婚夫来信。

我很为她担心。我希望她能尽快得知未婚夫的消息。因为乔治，我现在深深体会到了爱的苦痛。也许我有点夸大其词。这种可怕的折磨让我无法入睡。

坦白说，一想到对"丘比特"而言，我不过是某个有着淡褐色眼睛的女孩，我就特别痛苦。我也没法怨恨我的"情敌"，娜迪亚根本想不到我们爱上了同一个人……

她为什么不向我吐露自己的秘密呢？好吧，她也会这么问我。

不想了。

钢琴课结束后，L夫人召见我。我半是明白，半是疑惑地去了。是我无意中犯了错还是太讨人喜欢了？答案很快揭晓：是前者。

我带着不解的神情进去了，L夫人坐在高高的铜桌后看着我，桌子中间放着最时髦的电话。我站定后，她叹了口气，说道："孩子，在叶卡捷琳娜宫，你的举止太没有分寸了。"

我愣住了，沉默不言。她开始细数我的"罪状"："有人告诉我，你在陛下面前哭了，有失体统。"

我双唇颤抖着点了点头。我没想到哭也会有失体统……

"我们敬爱的陛下看到你哭,向身边的秘书表达了他的担忧。"

我不敢吸气,脸涨得通红。

"秘书找索菲亚·雅科夫娜询问了你的情况。孩子,你要知道沙皇陛下是我们学院的恩主。他担心你在学院被虐待或遇到了不幸的事。不管哪个原因,我的管理都会被质疑。"

我得出结论:我做了蠢事,L夫人害怕地位不保。我的嘴里满是苦涩的味道,这里没人理解我。

她又问了一句:"柳芭,你在这儿幸福吗?"

我嘟囔着回答:"是。"这对主任来说远远不够,她接着问道:"柳芭·伊凡诺夫娜,你真心热爱跳舞吗?"

"是的,夫人。"

"可是据雷奥尼德·谢美欧诺维奇说,你在叶卡捷琳娜宫表现平平,他认为你对跳舞感到厌烦。"

多好的消息啊!他只注意到这个。

我舒了口气:"我尽力了,只不过陛下吸引了我的注意力。"

"孩子,一个好的芭蕾舞演员必须时刻集中注意力。"

我没再说话。我掉进了失望的深渊。我态度不正,舞跳得很差。还有比这更严厉的批评吗?我想我哽咽了。

L夫人仁慈地笑了笑,再开始教育我:"柳芭,你很迷人,是个漂亮的法国洋娃娃。不过,这还不够。你还不稳定,有时才华横溢(像我选定你的那天早上),有时平平无奇(像在叶卡捷琳娜宫的晚上)。赶快让自己稳定下来。"

"好的,夫人。"

谈话结束。我行了礼,退出去。在门口等待的侍女带我回教室。

我讨厌这个学校……

我真该向L夫人吐露我的想法!我真该这么回应她的"赞美"。"法国洋娃娃"根本不是赞美。但我不能说。为什么呢?因为不合时宜。年轻人在年长者面前没有话语权。就是这样。

1917年1月9日

今天下午，教室里弥漫着一股低气压……

学生们偷偷对视。"甜玫瑰"坐在讲台上，擦着眼泪，擦泪的手帕已经湿成一团。

"她的未婚夫战死了……"

塔玛拉匆匆在纸上写道。从高年级学生那儿得来的消息传遍了教室。我不敢相信：战争撬开围墙，钻进了我们这个小小的封闭的世界。

可怜的达西亚·伊克诺夫娃！

她尽力维持着得体的举止。因为我们，因为神圣的教养，她不能一味沉浸在痛苦中。

如果我是她，我会大喊大叫，哪怕"不合时宜"。

喊出来就舒服些。我小的时候，不管生气还是难过，都会在床上蒙着被子大叫。寄宿在这儿，我才不得不控制自己。

有时,我感觉心中有个囚徒在呐喊。他会逃离这儿吗?他是像野兽般逃离还是优雅地因艺术而逃离?跳舞也许是另一种不为人知的呐喊……它是我的呐喊吗?

写下这些句子的时候,我看到学监站起来……

1917年1月11日

她倒了下去!

我接着写前天被我扔在一边的日记。

一片慌乱!学生们围住达西亚·伊克诺夫娃,把她翻过来。她面无血色,双眼空洞地对着天花板。

有人在一旁窃窃私语:

"她昏倒了。"

"得弄点冰水,洒在她脸上……"

"要不干脆打她一巴掌把她打醒!"

我们没人敢动她。她躺在那儿一动不动。手帕掉在一边,吊坠也滑出领口。

吊坠是透明的,里面放着一张小小的照片:一个戴军帽的年轻男子。这张微不足道的照片是已死去的他唯一留下的遗物。这让我想哭,想逃。我听到自己说:"听着,我去找人救她……"

走廊上只有一盏油灯,昏暗不明。我跌跌撞撞地跑向学监们的休息间,敲了敲门。

"谁呀?"房间里传来"灰老鼠"阴郁的声音。

我应了一声。她很快打开门。她身后,就着绿瓷宽腹的煤油灯灯光,我看到铺着桌布的桌子上,放着一个斟满茶的杯子,一个盛着两三块饼干的碟子,还有一瓶红色的果酱。

想不到她在吃东西!我来得真不是时候!我飞快地跟她说明情况。她并没有表现出对同事的同情,只是抿紧嘴唇,表示她在听。然后,不悦地开口(我觉得她要把我推离门口):"还在等什么?回去学习,我马上过去。"

她好像有意无意要赶我走。我注意到杯碟旁边有一本摊开的杂志。

我瞥见其中一页是一幅漫画。

"灰老鼠"顺着我的目光看过去,尖声道:"小冒失鬼,你在找什么?这里没什么可看的。"

可是我看到了,看到了不该看到的……

我掉转头,学监跑到桌边,飞快地拿起杂志,塞到桌布下。她没想到只一眼,我就识破了她的伎俩。有一瞬间,我感觉自己变强了。"灰老鼠"意识到自己犯了错,不自觉地低人一等。因为她把杂志藏了起来——很反常的举动。她表现得很幼稚、很惊恐,和以往大不相同。

我走在她前面,不敢回头看。

我们进教室时,"甜玫瑰"已经醒过来了,但还是面色惨白。"灰老鼠"送她去休息,然后代替她坐在讲台上。

真是飞来横祸!

我没办法继续写了，我得埋头学习神圣的历史教科书。书的封面让我想起非常有意思的一件事：卡提亚·彼得罗芙娜的古怪举止。

为什么她在我面前这么不冷静？我惊讶地猜想，可能她藏起来的杂志在学校是被禁的。

肯定是什么来着……噢，想起来了，是"造反的"东西。一个不入流的词？我想是的。在家时，维尔西尼先生和妈妈在闲谈时说起这个词总是有所保留。它和一个群体有关，苏维埃，或是一些不值一提的布尔什维克。

这个词有点呛人。那幅漫画就是造反的东西。画的好像是拉斯普京。我认得鼎鼎大名的格里切卡的胡子、明亮的眼睛和农民的怪相。

但，我也可能弄错了……

这让我很不安，我决定证实自己是对还是错。那就只有一个方法，唯一的方法。想到这，我又惊又喜。

写下这些的时候，一阵恐慌涌上心头，就像前天一样。我在玩火……

我观察了下"灰老鼠",她没注意到我。她牢牢地坐在位置上,这种情况以前很少见。我站起来,双脚无力地走上讲台。

"尊敬的卡提亚·彼得罗芙娜,我能去一下洗手间吗?"

我双眼低垂,不敢正视她。之前高她一等的感觉不翼而飞,我又重新跌回到学生的位置。我很害怕,怕她识破我的谎言……但她什么都没看出来!

她一言不发,递给我一个椭圆的小木板。谁去洗手间,就把木板挂在门上,表示里面有人。在学校,"有些地方"禁止随意进出,没有这个离谱的通行证,就不能在走廊里走动!

她把木板递到我手里时,我不经意间和她"不善"的目光交错。其中显而易见的厌恶并没有击退我,反而刺激我一往无前。

我心想:老女人,等着瞧。

这个脾气暴躁、眼睛跟苹果核似的女人,怎么会和那个友善的、有着清澈蓝眼睛的男孩是姐弟呢?

从叶卡捷琳娜宫回来的那个晚上,我想到了那个男孩。圣诞在战神广场相遇时,他清澈的目光多少抚慰了我因乔治而失意的心……

好吧,现在不是提尤利·彼得罗维奇的好时机。还没走到门口,我就把他忘了。

我有更重要的事……

我手里捏着木板链,悄无声息地跑过走道,跑到学监的休息室前。要是"甜玫瑰"在那,事情就败露了。要是她不在呢……

我一动不动,屏住呼吸。

门缝里没透出一丝光线。"甜玫瑰"应该在医护室休息。我双手握拳,鼓足勇气,手放到门把手上:门微微打开。学监们真是一团糟,居然忘记锁门……

我溜进去……

里面一片漆黑。不过难不倒我,我知道去哪找。我摸索着掀起桌布,拿起杂志,像小偷一样跑出去!

直冲洗手间。把木板挂在门上，关上门，坐下来。我喘过气来。门上的玻璃窗映出几丝外面的灯光。

我可以好好看看那幅漫画了。

是他——拉斯普京……

但画上不止他一人：还有沙皇和皇后。我简直不敢相信自己的眼睛。和神僧拥抱的尼古拉二世看起来头脑不清。他身后是亚历山德拉皇后，像一只戴着后冠的凶狠的鸟。

我开始思考无礼地嘲讽陛下，是否就是亵渎神明。

从小我就学到，沙皇是神在尘世的代言人。我怀着这样的心情为他跳舞，甚至为此而哭。而现在，一个无耻的画家居然把他贬低成衣衫褴褛的农民……

这背后一定有"什么"是我不知道的。

我得了解更多……

我深吸一口气，继续翻阅杂志。字里行间流出来的都是脏水，都是对沙皇的仇恨。卡提亚·彼得罗芙娜也用双手碰过？

作为皇家芭蕾舞学院的学监，一个深受皇恩的人，怎么敢看这么恶心的东西？妈妈看走了眼（妈妈认为她是个"值得称道的姑娘"）。"灰老鼠"是个忘恩负义的伪君子，甚至比这更不堪。

我震惊了。一直以来，我都认为妈妈不会犯错。她在学监的问题上犯了错，那么她也可能在别的事情上犯错……

我想起了尤利·彼得罗维奇……

他也会看这种恶心的东西吗？有可能。"有其姐，必有其弟"！我耸耸肩，抛开这个想法。尤利和我有什么关系呢？

他和卡提亚·彼得罗芙娜血脉相连。我知道这个就够了。

突然，外面传来说话声，吓了我一跳。有人从走廊经过。门外挂着木板，没人会进来看谁在洗手间待着……

"继续这样的话，恐怕得把学生送到他们那儿，以防不测。"一个男子的声音传来。

"啊！这个不会持续很久。"

我听出来是L夫人，她接着说："1905年，我们就见过类似的情况，这次也就是一场无关紧要的风暴……"

"风暴会演变成惊涛骇浪。我们所有人迟早会被狂风卷走……"

我只听到这些，两人逐渐走远。我的手指僵硬，全身无力。我是个囚徒，一个美丽假象下的囚徒。这个被庇护的地方，弥漫着若有若无的恐慌。事实上，自神僧被杀之后，我就感觉到了。我敢肯定：我害怕是有道理的……

我惊恐地看着杂志。里面有不祥之物，快！把它撕碎，扔到马桶里，赶出脑海。没时间了：走廊上响起沉沉的脚步声……

我的心怦怦直跳，匆匆收起杂志，把它塞到裙子下，用短裤的腰带扎住藏好。脚步声离门越来越近……

是娜迪亚："柳芭？"

只有她！我松了口气，刚想告诉她一切，但某种"我不知道的"东西阻止了我：也许是想到了乔治？不，就这样吧。某种不知名的东西。

"卡提亚让我来找你……"

为什么她不像平时那样说"灰老鼠"？我很吃惊，也很不快。她怎么突然表现出很尊敬学监，还是说学监就站在她旁边？

"你出来整整一刻钟了，怎么了？"

我呻吟着打开门："我肚子疼……"

说谎？不如说是我下意识的反应。我第一时间决定，不和娜迪亚提那本"造反的"杂志，得演戏。

我小声叫着："疼死了。"

"那你要……"

我嗓子嘶哑，说得含糊不清。她中气十足地加了句："别动！我问问学监该怎么办……"

她跑回去了。我缩成一团，告诉自己我现在很痛。"莫斯科艺术"的话剧演员们就是这么演的，我读过一篇关于斯坦尼斯拉夫斯基的文章。他的方法很有效。证据：我真的感觉到病痛了。娜迪亚回来扶起我:"卡提亚让我带你去医护室。"

我一瘸一拐地跟着她绕来绕去。假装筋疲力尽对我来说一点儿也不难:藏在裙下的杂志让我迈不开脚步。为了不弄出声音,我只能一小步一小步地走。同时,骗朋友让我心怀愧疚,一直低着头,越发令我的"表演"尽善尽美。

娜迪亚敲了敲医务室的门。满脸褶皱的老阿芙多提亚打开门,药茶、碘酒、药膏以及不知名的药品的味道混合在一起,扑鼻而来。

也许是长期和药物打交道,护士的黑色长袍和蒙脸的丝巾都散发出一种霉味。

和"小驼背"一样,她也是学院悠久历史的见证人。我一点儿也不奇怪,尼古拉一世在位时,她就在学校了!她跟我说俄语,在她看来说法语有悖自己的原则。

"小姑娘,怎么了?"

我皱皱脸,指了指肚子。她耸耸肩:"女子生来就要受肚子疼的苦。"

说完,她又在炉子上搅拌药剂。

我很想小声跟娜迪亚说:"以卡拉波斯①的名义发誓……"不过,我没敢。这儿不适合开玩笑。除此之外,我还想做什么呢?没了。

房间里很暗,天花板上的小灯泡光线微弱(这里用电)。推桌上各种钳子和金属盒隐约可见。还有一团缠了一半的棉球。

三张铁床并排放着,白色的窗帘低垂着,如被折断的翅膀。床上铺着双层绒布,"甜玫瑰"藏身其中,平躺着,像一只失去生命力的大鸟。

娜迪亚喃喃自语:"可怜的人。"

我看了看她。似乎在她眼中,和达西亚·伊克诺夫娃相比,我太矫情了。这让我很不高兴。她居然在评判我?她还是去和她的"尤拉"喁喁私语去吧,让我耳根清净!我要远离她。这时,护士开口了:"躺下来5分钟,我给你抹一点鼠尾草精油,就不疼了。"老阿芙多提亚自封为医务室的"皇后",我当然得无条件地服从她。我脱下鞋,掀开被子,穿着衣服躺上床。娜迪亚小声说了句加油就走了。

---

① 译注:童话《睡美人》中诅咒公主的坏心仙女。

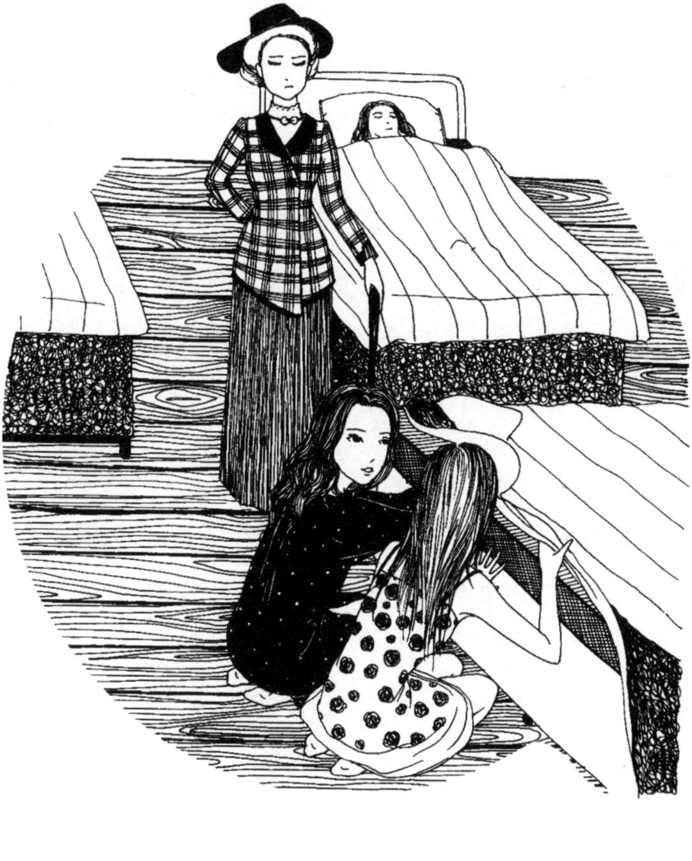

我立刻轻松下来，闭上眼思考。

杂志……

我没时间扔到洗手间，我得趁护士不注意的时候把它藏在这儿！"甜玫瑰"的呻吟声打断了我的思考。我睁开眼。阿芙多提亚向她走去，手里拿着个杯子："喝了它，孩子，喝完痛苦都没了……"

老人为她精心调制了一副镇静剂，但达西亚·伊克诺夫娃一口也没喝：灯突然熄了。

我放声大叫。

老人粗暴地让我闭嘴。

伸手不见五指。我听到阿芙多提亚困难地转身走了回去，口里嘟嘟囔囔的："断电了？"有人答道："哦，这才刚开始呢。迟早什么都断了……"

女巫的预言让我想起刚才偶然听到的对话，也让我回想起神僧死的那天"灰老鼠"的反应。我吓得差点叫出声来。

外面，发生着我不知道的事。从杂志里，我只能隐约看到一点，但"事件"还在恶化！维尔西尼先生或多或少提到过，我怎么会不知道它的严重性呢？

我想，我得离开，离开学校……

护士翻来翻去，想找出一根蜡烛。平底锅掉了，砰的一声，把我带回现实，带回杂志。扔掉杂志的时刻来临了！阿芙多提亚弄出的噪音能掩盖纸沙沙的声音，但一旦蜡烛亮起，我会被抓个正着。

我小心翼翼地坐起来，从裤子里拿出杂志，把它塞到床板上。蜡烛昏黄的光在黑暗中亮起时，我已经装出睡觉的样子了……

老阿芙多提亚问我喝不喝药茶。我没动。她把茶喝了，我听见她咕噜咕噜咽茶的声音。

过了一会儿，一阵耳语把我吵醒。屋里太黑，我不知不觉睡着了。我听到"灰老鼠"压低嗓子，声音有些发抖："打起精神来，达西亚。今天，彼得格勒、莫斯科和其他大城市都在举行罢工。人们在反抗，在前进！"

为谁反抗，或者为什么反抗？

向着谁前进，或者向着什么前进？

我听着，嘴唇干涩。

卡提亚·彼得罗芙娜接着说:"革命在前行,我们迟早会建立一个新世界。"

达西亚·伊克诺夫娃结结巴巴地回道:"真好,可是我的佩提亚再也回不来了。"

"他的兄弟们会为他报仇的!"老阿芙多提亚的声音在黑暗中响起。

"复仇也没法让他活过来。"

说完这个悲痛的事实,"甜玫瑰"哭了起来。

"灰老鼠"训斥她:"达西亚,坚强点!"

我震惊了。

太不知轻重了!难道"新世界"能替代破碎的爱吗?"灰老鼠"根本不懂,爱超出了她的理解范围,她满脑子只想着"革命"!

我打了个寒战。

这个词让我想到历史书上被砍的头颅。

写下这句话的这一刻,我很害怕。俄国会像128年前的法国那样血流成河吗?我不敢相信,不过我惊讶地发现有些可怕的人,比如"灰老鼠",似乎在期盼这一天……

我晚点再想。现在，我只想接着往下说。这能让我更好地理解"那些事件"。

卡提亚·彼得罗芙娜又发起攻击了："我们所有的不幸都是沙皇造成的。"

达西亚问道："因为他让俄国卷入战争？"

"不，因为他是落后的专制君主。"

这句愤愤不平的话击中了我，我不由得抖了一下。没人再开口，屋子里一片沉默，只听到切东西的声音。不过，沉默只有片刻。"灰老鼠"走到我床前，用她糟糕的法语命令道："柳芭，醒了就起来。"

我顺从地起来，但心里因藏起来的杂志有那么点想反抗。这个面目可憎的女人要是无意中掀开床单，该有多震惊！

她又开始絮叨："我，上来找你。陪你去餐厅。快点。"

她是否怀疑我偷听到了谈话？我没法确定。她面无表情地看着我穿鞋。微弱的烛光下，她的黑影映在白墙上，无边无际……

1917年1月13日，下午5点
维尔西尼先生家，我的小房间里

喔！我有种劫后余生的感觉！我回家了，更不可思议的是：我一直待在家里！是伊万·谢尔盖耶维奇的决定。他催着妈妈把我从剧院街带回来。

他还说："柳芭还是应该和我们在一起。"

我得救了，得到了妈妈的庇护。

事情是这样的：

那个晚上，我紧跟"灰老鼠"的脚步。离开前，我想安慰下"甜玫瑰"，最后还是不了了之：我太害羞了，张不开嘴。真遗憾。不过，跟着"灰老鼠"走时，我心情畅快。我知道这是最后一次。我感觉到：

明天，我将离开……

这是我最后一次听学监的话，最后一次顺着她的脚步走过黑暗的过道,也是最后一次恭敬地为"灰老鼠"打开餐厅的门——最后一次!

之后,在其他人惊讶的目光中,我飞快地走到自己的座位旁。吃饭时不能说话,餐厅里静悄悄的,只有餐具和杯子不时丁丁作响。没人问我怎么回事。坐下时,娜迪亚冲我撇了下嘴,示意:"你好点了吗?"我点点头。

心里有点愧疚。

不告而别似乎不太好……

虽然,娜迪亚抢走了我的乔治,但她自己不知道。而且,乔治……近距离看,品味也不怎么样。我对他没兴趣了。

我等待其他欲念的召唤,

过往那些已走到末路。

普希金写得真好。为无关紧要之人燃烧只是徒劳。过去的已经过去了,不是吗?

女孩们喝完了汤,现在开始喝"猪油荞麦粥"。

我也不得不装着喝粥的样子,其实一点儿也不饿。

明天……

之后,在宿舍……

我的愧疚感更深了。

我最终决定:不和娜迪亚说再见,我没法逃走(否则,我将终生遗憾)。可宿舍同样禁止说话,怎么办呢?

我环顾四周。每个人都在卡提亚的监督下脱衣睡觉。这种情况下,几乎不可能说话……

上天保佑,奇迹发生了!就在这时,我的衬衣纽扣掉在手上,我故意手一松,纽扣在地板上滚了两下,我趴下去找。

"灰老鼠"问:"柳芭,你在干什么?"

"我的纽扣不见了……"

娜迪亚可能嗅出了不寻常的气息,她很有礼貌地跟"灰老鼠"说:"尊敬的卡提亚·彼得罗芙娜,我能帮柳芭找纽扣吗?"

卡提亚同意了。娜迪亚在我旁边跪下找。我们在床下擦肩而过,我轻声在她耳边说道:"明天我会回家。"

"没得到允许就回?"

我刚想解释,"灰老鼠"出现了:"柳芭,纽扣找到了吗?"

"找到了!"

娜迪亚手中拿着纽扣,代我回答。

"找得真及时!"学监语带讽刺地说道。突然,她说起了俄语:"找纽扣是借口吧,你们是想借机聊天。在这种情况下,小姐们,你们两个会被记负分!"

她说时用了温和的条件式,话里却是明晃晃的威吓。

我明白,她没被骗。

娜迪亚也明白过来,一脸愤怒。负分积到一定程度,我们会失去演出资格。平时让我们恐慌不已的话,此时让我想笑。谁还在乎学校的规定?

明天……

我久久不能入睡。

在黑暗中睁着双眼,反复思量自己的反抗行为:它难倒我了。我是否应该放弃,保持沉默,逼自己或者让自己顺从地接受这些年来强加在我身上的管制？

不，我再也无法忍受这一切。

写下这些句子时，我明白：在精神上，我已离开学校。我并不为此难过。我迫切地想离开，胃一阵阵痉挛。这强烈的意愿让我从梦里解脱出来……

我的名字永远不会像蝴蝶一样飞舞在玛丽剧院的宣传海报上……那又怎样呢？我不在乎！我永远不会变成乔治的天鹅公主……我再不会为此而哭，绝对不会！

现在迫在眉睫的是：拯救我的生活。

◎

第二天，宿舍里

达西亚·伊克诺夫娃听从"灰老鼠"的建议，坚强地回来了。她无动于衷地看着我们换衣,似乎远离此处,被幽灵环绕。

我可以毫无风险地再演一次戏……

我皱着眉对娜迪亚说:"'那个'又来了。"

我期待她会帮我。可惜,她恼怒地看了我一眼:马上就要上课了,她不想因为我上不了课。毫无疑问,在舞蹈面前,娜迪亚什么都可以抛在脑后。

她低下身子穿舞鞋,避开我的视线。我很失望,也很后悔向她吐露了自己的计划。"甜玫瑰"回过神来,压低声音说道:"孩子,既然还没好,就去医务室吧。"

想不到她让我自己去医务室,我愣了下,点点头。

我想,也许和她遭受的苦难相比,学校的惯例根本不值一提。我像"患病"的女孩一样拖着脚步走出房间。

一走到楼梯口,我就开始飞奔。

首先……去教室!真幸运:那里空无一人!

我冲到座位上,拿出日记本。怎么也不能扔下它!我匆匆忙忙瞟了一眼夹在里面的女大公塔提亚娜的照片,然后拿起笔杆,飞快地跑出去。

接着……去阁楼!

心怦怦直跳,偷偷溜进更衣室。我的脸因害怕涨得通红,身体却在芭蕾舞衣里瑟瑟发抖。幸好我找到了一件旧毛衣:我把它穿在大衣里,然后把日记本和笔杆塞进大衣口袋。

穿好了。现在只需在舞鞋外套上胶鞋,戴上兔毛帽。突然,门推开了……

我僵在原地,是"灰老鼠"。

她笑得像吃了蜜糖似的:"我知道你要离开。"

对别人使坏,对她来说,就是一道美食。事后,她总是心满意足地舔舔嘴唇。大惊过后,我转过头。

我最好的朋友出卖了我……

只有娜迪亚知道我会逃走。告密的人一定是她,也只能是她。

我只能面对现实。我再也不要见到娜迪亚,再也不要。找纽扣时,我就看出来,"灰老鼠"的威胁让她不舒服。她把我出卖给学监,是出于对舞蹈的爱(和对乔治的爱)?换句话说,她害怕失去演出机会(害怕见不到乔治),所以和一个得了夜游症的人合谋。

没有别的解释。

转身时,我已经想到这一幕:在主任那儿受训,关在小房子里,好几天只有面包和水,永远失去演出资格。我再也无法逃离学校,至少再也不能被送出学校!

我悲愤地看着"灰老鼠"。她对我紧追不舍,如果我还以颜色呢?我有件强有力的武器:被禁的杂志。以向上级告发杂志内容和藏杂志的地方作为威胁,回击她。

这个念头让我羞愧。

以恶制恶?可我一点儿也不想变成卡提亚那样的人,最终我什么也没说。

她突然奇怪地笑了:"别担心,柳芭,我不告发你。"

这句费解的话,我想我听懂了。她为什么跟我说法语?难道是怕"苦命人瓦尔瓦娜"躲在角落偷听?她提高嗓音说道:"我帮你,只要你愿意做……这个。"

说完,她从口袋里掏出一个厚厚的信封。

这就是所谓的要挟吧。

我习惯性地咬着笔杆又看了一遍,接着唰唰唰往下写。放在桌上的蝴蝶胸针微微颤动……

那天早上,我接受了和"灰老鼠"的交易。我没有别的选择。尽管如此,我还是对自己很生气。再说,我也不确定自己能完成任务。应该向要挟屈服吗?别无选择吗?我不知道。

要是有人给我点建议就好了……

只是,这事我谁都不能告诉。我总是独自一人。独自一人在维尔西尼的房子里,独自一人在皇家芭蕾舞学院。

独自一人……

关在小小的房间里。我意识到自己的处境:孤独。我说的是事实。我想到很多,最终的结论是:没人能和我分享友谊、默契或热情。

娜迪亚并非真正的朋友,这一点我刚刚得到证明。乔治只是一个幻象。同学们呢?噢,她们眼中根本看不到我。大人们？根本没法交流！

这让我想哭。不能再想了。我打开抽屉，学监交给我的信藏在最里面。我第十次读出收信人的名字：尤利·彼得罗维奇·夏哈耶夫。

地址，是"灰老鼠"亲口告诉我的。她不想留下蛛丝马迹被人追踪？

该死！妈妈在门外叫我（门用钥匙锁上了）。

"柳芭，开门，我得和你谈谈。"

我迅速将日记本放到抽屉。不管在学校还是在这里，我的反应都是一样的。在这里，我也得顺从。

1917年1月15日，晚上9点

继续写。

我想说的是顺从！

妈妈告诉我,从明天起,我得去法国女裁缝贝尔内特小姐那待着。

"什么原因呢?"

有几秒,我想象,我的衣服落在剧院街了,妈妈要给我做件新衣服。可惜,我错了……

她严肃地告诉我:"柳芭,你要开始工作。"

接下来的对话,我简要概括如下:因为我愚蠢地离开学校,放弃了做舞蹈家的未来,我得另寻出路。想靠维尔西尼先生养活,没门。

我很吃惊,反驳道:"我哪儿花维尔西尼先生的钱了!你在他家工作,他付你工钱,对吗?如果说我靠谁养活,是靠你,妈妈。"

"别争了,孩子。我们俩欠了维尔西尼先生很多,他待我们像家人一样。"

"那么,变成裁缝,我还得谢谢他,是吗?"

妈妈抬眼望天。

我来到她面前寻求庇护,她却把我赶走。也就是说,她担心惹主人不快,拒绝保护我,于是把我塞给贝尔内特小姐，让我从主人的视线里消失。——反正我是这么理解的。

我继续反驳道："要是我打扰了先生，他会送我回学校，可他坚持让我留下来。"

"你说得对。"

妈妈不得不承认了！

"目前的政治局势让他坐立不安，你不在这儿，他会担心。你知道，他很爱你。"

沉默。

突如其来的话，我需要时间消化一下。我从来没想过伊万·谢尔盖耶维奇"很爱我"。妈妈又在写小说了。她看出我的怀疑，指指桌上的蝴蝶，接着说道："你看，他还送给你胸针，不是吗？"

我毫不在乎地说："不过是个旧玩意。"

"旧玩意？"她噎了一下，"这是他母亲的胸针！"

我还能说什么呢？

"你什么都不知道，这是家族的首饰。家族的首饰可不是什么'旧玩意'。"

好吧，谢谢你告诉我。

妈妈的目光黯淡下来。

"好了，缝纫挺适合你的。其他有价值的工作你做不了，再说你也没什么雄心壮志。"

这倒是真的。可是她轻蔑的语气刺伤了我。在她准备出门时，我突然发难："妈妈，你和爸爸结过婚吗？"

她大怒："柳芭，你在干什么，怎么问出这么荒唐的问题？"

我不能招认是"听杜尼雅说的"，只好支支吾吾地搪塞。妈妈深吸一口气，扔下我走了。

都是杜尼雅害的。

回家的当天早上，我去厨房偷偷拿面包吃，在帘子后听到杜尼雅跟厨娘抱怨："那个私生女又回来了！"

"私生女"深深地刺伤了我。

那天我没向妈妈转述这番话，我想尽力忘记它。能靠自己的努力顺利逃回家，我已经很知足了。对一个出入不自由的女孩来说，这无疑是一次壮举，一次实实在在的壮举，值得大书特书。即使无人喝彩，我也为自己感到骄傲。等我老了,老得走不动了,我要给自己的孙辈们讲这次历险……

好了,言归正传。

在学校……

卡提亚·彼得罗芙娜推开一扇平时紧闭的小门,带我穿过一个陌生的走道,来到一处隐秘的楼梯间。下楼后,我发现前面就是接待室。自由之门向我敞开……

在放我走之前,学监又强调了一次:"别忘了送信。"

我答应了,然后飞奔出去,出去有个小巷子。我一直跑到巷子尽头。冷风和着冰雪迎面灌来,呛得我嗓子火烧一般的疼。路上行人寥寥无几,只有几个头戴方巾的女人从面包店前走过。空气中弥漫着一股面包香。

我突然觉得好饿。

在城里……

我身无分文，坐不了电车。不过，我可以沿着它的轨道往维尔西尼家的方向走，这样就不会迷路了。天蒙蒙亮，工人们手拿铁锹铲着轨道上的雪。一条条轨道在雪中闪着寒光。

电车来了，停在前面五十米处。电车前一个人正在演讲，身边围着一群人。他说什么我听不见，只看到他对着听众做各种手势。我不由得猜测他是说得太激动了还是太冷了……

骑警出现了，像梦一样突如其来。马匹阵阵嘶鸣，马蹄踏在雪地里劈啪作响，人群里响起尖叫声，他们抛下"杰出的演说家"四散而去。

我躲在屋檐下。

演讲的人被两个骑警用绳子拖着跟跟跄跄地离开。电车缓缓开动。

在日记本上写下这些时，我的心情格外沉重。

战争应该对外，不是吗？为什么我们自己人打自己人？为什么街道上高声演讲的人被警察抓走，人们四处躲藏？一定是画那些恶心漫画的人搞的鬼！

艺术之恶会导致道德之恶吗？当人们对可敬之物失去应有的敬意，究竟是如"灰老鼠"所言，走向"新世界"，还是走向混乱？

我无法回答。关于这些，我什么都不知道。我生来是为了做蝴蝶，而不是了解"某些事情"。不过，我开始明白为什么"目前的政治局势让伊万·谢尔盖耶维奇坐立不安"。

想到这些，我打开抽屉。信……为什么"灰老鼠"冒险找我？她要跟弟弟说什么呢？

尤利·彼得罗维奇·夏哈耶夫……

有那么一瞬间，我半闭着眼，仿佛看见他清澈的蓝眼睛，纯净而深邃。他的目光告诉我，他不是坏人。圣诞那天，他看我时，我感觉到自己的存在。因为一个真正的男人看着我。好吧，我可能想多了，就像对乔治那样……

为什么我总是爱做梦？一般人都满足于现实。

我抓着信封，摩挲着，里面写着什么呢？

没时间冥思苦想了！走道上响起妈妈责备的声

音,吓了我一跳:"我看到你房间里的灯还开着,赶快关灯睡觉!我再说一次,你明天要去贝尔内特小姐那儿。"

不用再说,我知道!

柳芭·米勒,裁缝?同学们知道了,一定笑成一团!

这让我很痛苦。

1917年1月22日,晚上9点

我绝望了……

六天里,完全写不了日记。我很早(九点)就得去贝尔内特小姐那儿。她是"巴黎风尚"的店主,住在俄国的香榭丽舍——涅夫斯基大道上。很晚才能回来(下午4点),身心疲惫。

我不由得问自己,逃出学校是否正确。我并没有

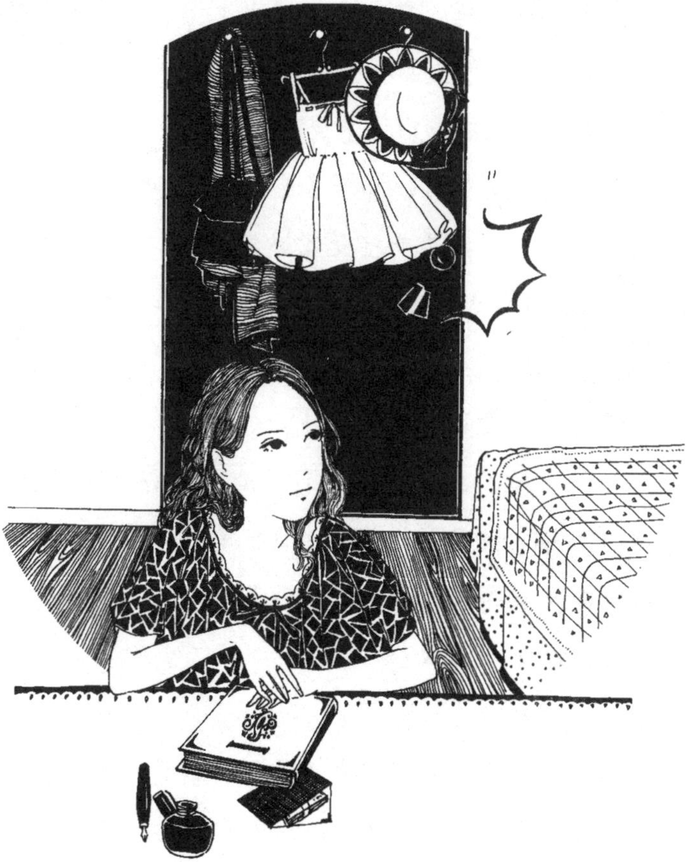

如愿以偿地得到妈妈的庇护，相反，我的生活比以往更不堪……

从早到晚，缝、缝、缝，缝出上千米的边（现在只能做这些），肩膀全麻了。跳舞都没这么累过。即便有缝纫机，我的手指还是被刺出无数个小洞。

我向妈妈诉苦时，妈妈总是说"做这行免不了"。

白费力气。她不能接受我逃学，被学校"开除"。对她来说，我每天缝边，就是为自己的任性付出代价！

幸好，服装店周日不开门。

今天上午，我得以打开日记本。纸香扑鼻而来，丝滑的质感让我想立刻动笔。我把笔浸在墨里，金属碰触瓷器发出的声音好听极了。紫色的墨伴着一笔一画的书写散发出香气……

我重回到学徒生涯。

第一天早上，妈妈带着我去贝尔内特小姐家，学习各种规矩。我想坐电车，妈妈却叫来了一辆小马车。我们俩挤在车里，头上是顶篷，前面是车夫庞大的身躯。他一鞭抽在马背上，叮当一声响，马车开动了。

10分钟后,妈妈让马车停在一栋灰色的建筑前,完全看不出墙后藏着一座时尚的殿堂。

站在小道上,她低声说道:"真不习惯。在巴黎,店铺总是光彩夺目,让人有强烈的购物欲望!"

她似乎觉得这样的商业策略远胜过我们:在彼得格勒这儿,因为寒冷,店铺没有光鲜的外表。更不用指望在路边看到高级商铺,它们要么在楼上,要么在地下。

我倒觉得这样更别致,不至于"一目了然"。我一边想着,一边在楼前的地毯上抖抖落满雪的大衣。我们推开双层大门,跨过旁边的一道侧门,来到大厅。然后下楼。

涂漆的大门上挂着一块光亮的铜牌,上面用法语写着:

巴黎风尚

店主:贝尔内特·德·博日卡小姐。

来自巴黎"沃斯"店。

妈妈低声惊呼:"她刚刚出师,不过是巴黎顶级时装店——沃斯店的新手，倒是很懂得宣传自己……"

我们循例脱下保护皮鞋的套鞋，摆在入口处。一个身穿围裙的侍女动作利落地为我们开门，跨过门槛：阿里巴巴的宝洞就在眼前！

低低的天花板上挂着一盏威尼斯的水晶灯，折射出璀璨的光芒，照亮了架子上摆放的各色衣料。里衬随处放着，一道道屏风隔出了换衣室，正中的木桩上放着一个模特。

一面巨大的穿衣镜映照出整个房间。

这时，里间门口垂着的天鹅绒帘子挑开，走出一个矮矮胖胖、身穿黑衣的女人。她冲过来，抱住妈妈："宝琳娜，我亲爱的宝贝！想不到我们还能再见……"

她一口奇怪的口音。我想是巴黎口音吧。妈妈说话的方式则截然相反："亲爱的，你好。你能见我们，我很感动。"

显然，她们来自巴黎不同的区，相识已久（她们相互称"你"而不是"您"）。尽管贝尔内特小姐从未去妈妈家做过客。

她疾走几步，来到我面前（我高出她半个头）：

"你是柳芭?"

我行了个礼。

她兴高采烈地说道:"宝琳娜,你女儿真不错,有教养,而且很漂亮!"

妈妈点点头,我知道她不想谈我的情况。她的朋友还在继续:"她以前就很漂亮……"妈妈硬生生地打断了她:"过去的都过去了。"

"你说得对,要着眼现在。"

寒暄完,贝尔内特小姐带我们去工作间。从里间透过一扇浅灰色的窗,就可见到工作间。

两三个看不出年纪的工人围坐在桌前,就着电灯的灯光工作。桌上的塔夫绸粼粼如波光,旁边的篮子里放着各色线轴。小火炉嗞嗞作响,应和着缝纫机时断时续的声响。黑金相间的缝纫机前,一个女人正弯腰缝制。小圆桌上,一把大剪刀半开着……

看着眼前拥挤不堪的场景,我感到头晕目眩。

我要在这做什么呢?

我开始怀念空旷的练舞厅了。那里,充满了音乐,充满了汗水、舞步和舞姿,一切不可估量。

接下来,贝尔内特小姐递给我一把椅子、针线、布料和绦边的衬裙。

"我看看你做得怎么样。"

这就开始工作了!

妈妈和贝尔内特小姐走了。我听见她嘀嘀咕咕的声音:"她长得真像她父亲。"妈妈轻声答道:"是呀,这一直让我很头疼。"

就听到这么多。我开始思考无意间听到的消息。看来,贝尔内特小姐认识让·米勒。我是不是能问问她父亲的事?

不幸的是,接下来的日子里,我什么都没问到。她直截了当地提醒我:我是来学缝纫的,不是来搬弄口舌的。

我只好旁敲侧击地向妈妈打探她是怎么认识贝尔

内特小姐的。

她不耐烦地告诉我:"1902年,我怀孕时,在巴黎到彼得堡的火车上遇见了她。在漫长的旅程中,她一直很周到,为我端茶倒水。一个讨人喜欢的女孩。"

意思是爸爸既不周到也不讨人喜欢?我没敢开口问妈妈。我觉得就算问了,她也不会理我。只要提到爸爸,她要么厌烦,要么发怒……

一天后,我以更隐晦的方式,兴致勃勃地先岔开话题,提到贝尔内特小姐,然后再提到让·米勒……

我喝了口茶,问妈妈:"那会儿,你是跟着丈夫,贝尔内特小姐为什么来俄国呢?"

妈妈抬高肩膀,大声道:"你以为女人为什么要长途跋涉?她是来找她的俄国情人的。一个有钱人,为她置办家具,给她开了家店。"

好吧。贝尔内特小姐就是传说中的"情妇"。

和自力更生的妈妈有天壤之别。妈妈识破了我的意图?她双目闪现出意味深长的光芒。

"我认识她的时候,她还叫皮耶海特·布希尔。她的白马王子给她取了个更优雅的名字——贝尔内特·德·博日卡,不错吧!"

我们对视而笑。

可惜我还是没能提到爸爸。

另一方面,我也没空想。

整整一周,我都忙着想别的事。老板娘在侍女的陪伴下接待客人时,工人们就可以谈天说地了。对我挺有用的。我低垂着眼假装缝那些缝不完的边,听她们聊天。

据她们说,面包马上就严重短缺了……

据她们说,市场上再也见不到黄油和肉了……

据她们说,靴子的价格是战前的三倍……

据她们说,煤紧缺,很多工厂就要倒闭了,工人们都涌上了街头。

现在或可见的将来发生的不幸越来越多……

一切都是谁的错?沙皇和皇后。

据她们说,他端坐在黄金宝座之上,不把人民看在眼里……

据她们说,德国鬼子——皇后,和德国人合谋,让俄国血流成河……

证据？开战以来，1300万俄国人参军，200万人牺牲，450万人致残……皇后就是屠夫。

据她们说，所有受害者的鲜血将由罗曼诺夫家族偿还……

我听了，心里一惊，针刺破手心，血流了出来。这巧合让我更害怕，不由得惊声叫起来。工人们以为我是被针扎的。

她们一定想不到……

我喜欢罗曼诺夫家族，喜欢沙皇。关于沙皇，她们知道什么呢？什么也不知道。她们不知道他灰色的长袍下跳动着一颗温柔的心。如果我告诉她们那个晚上，我这个不起眼的芭蕾舞者，我的恐惧都能让他挂心，她们会发现他不是她们以为的那个人，她们会吃惊，会改变她们的看法……

不幸的是，我什么都不能说。

我没法为陛下辩护。妈妈不许我和同事谈起学校，谈起维尔西尼家，也不许谈起当前的动乱。

她反复叮嘱我："不知道谁在听，也不知道谁会告发。这一点一定要牢记于心。现在，鲁莽地吐露隐情可能会招致灭顶之灾。你要保证什么都不说。"

我向她做了保证，但这让我很不高兴。妈妈的话一直在我脑中打转。彼得格勒的形势已如此糟糕了吗？我们到底在怕谁？快饿死的穷人还是身居要职的富人？

说到这个，工人们曾私下提及杀死拉斯普京的人中有一位大人物，就是亲王费利克斯·尤苏波夫，是他在自己的宫中杀了拉斯普京……

这个消息让我很不舒服。

我相信那天晚上，我听到的是恐怖的枪声，犬吠声悲伤地回荡在空气里……

我没法继续缝边了。

听来的闲言碎语让我忧心，我很想弄明白现在到底是什么局势。也许我送信给尤利·彼得罗维奇·夏哈耶夫的时候，可以从他那儿打听打听？他是学生，他知道的应该比工作间里的工人多得多。

突然，我很想见到他。

明天，周一，我要给他送信……

1917年1月26日，凌晨1点

……我没去成，周一、周二都没能去。

没法脱身！早上，女佣紫娜送我到贝尔内特小姐那儿，晚上再领我回来。按照主人的指示，街道上越来越混乱，我出行必须有人陪同。他的决定还在厨房引起了公愤。海伦得意地讲给我听："柳芭，你知道吗，爸爸让杜尼雅陪你出去，她大叫，'不，主人，我可不想和那个法国人待在一起！'"

我回道："我也不想和那头俄国母牛待在一起。她还是回她的牛圈去吧！"

所以，最终是女佣紫娜陪我。她不比我大多少，我很怀疑她能保护我什么。

长长的街道上，我走在前面，帽子正好遮住眼睛，手放在手笼里。紫娜披着围巾，神情严肃，一言不发地跟着我。直到我在商店门口脱掉套鞋,她才离去:任务完成!

说到底,我只有被监视的自由。

周三上午,身边又跟了"一条狗"。我沮丧极了。照这种架势,信永远送不到尤利·彼得罗维奇手里。我忧心忡忡。我知道信很重要,决定打开来看。

好吧。

不该这么做。

但,如果信上的内容无关痛痒,"灰老鼠"不会交托给我,她去邮局寄就好了。结论:内容很重要,我是在冒险送信。我有权知道,不是吗?

周二晚上,我回到房间,深吸一口气,拿出指甲剪……

我的手不受控制地抖着。

希望尤利·彼得罗维奇能原谅我的冒失!我一点儿也不想给他留下不好的印象……

我轻轻地用剪刀揭开封口,我发现……

一沓现金。

1917年1月29日

在家总是不得安宁!

周四,我合日记本合得太快,页面正中间留下了一大块墨迹。我的笔悲伤地流出紫色的眼泪,在纸上晕开,它变成了……我不敢相信自己的眼睛,它变成了一只蝴蝶!

细细的翅膀正停在我写下的句子之上,遮住它们。这让我吃惊,也让我不安。人们常说神秘的警示总是不告而来,它意味着什么?

我不能写太多?还是我得保护自己的日记本,随身携带?现在,我不再讲述天真的冒险了,而是那些偶然知道的重大事件。我觉得应该记下来。

重回到周四早上。

轻轻的敲门声突然响起，打断了我的写作。我惊慌失措，连忙把日记本和信封塞进抽屉。妈妈站在门外低声叫我："柳芭，起床了。我泡了茶，出发之前喝一杯。"

已经到时间了？

写日记的时候，时间总是过得很快。我还有好多事情要说呢……

今天是周日，我能接着写。

周三上午，我很沮丧。女佣寸步不离跟着我，我的手插在手笼里，手指紧握住要交给尤利·彼得罗维奇的信。我想这就是人们所说的"棘手的问题"。我的问题能解决吗？正当我无限悲伤时，贝尔内特小姐提供了解决之道。

我刚进大厅，忙得团团转的贝尔内特小姐就冲我大声喊道："小姑娘，你去城里一趟，送条裙子。"真是雪中送炭！

我激动得满脸通红。

"去城里一趟？"

真是绝妙的机会……我的心怦怦直跳,竖起耳朵听贝尔内特小姐说。

"我的懒侍女还没来,两个工人又请了病假。千真万确!日子一天天过去,勤勤恳恳的人越来越少了!我真的找不到人手送货!战时要有战时的样子,对吧?不过,别告诉你妈妈!"

没问题!

要是妈妈知道我一个人在彼得格勒的街上游荡,一定让我离开店铺。我不想那样!"巴黎风尚"为我打开了一扇通向外面世界、通向真实生活的门。我不想门再关上。

老板娘用绸缎包起闪闪发光的淡紫色舞裙,把它放进一个长长的盒子里。我呢,怀着灼人的快乐穿上套鞋。

尤利·彼得罗维奇……

贝尔内特小姐递给我一张钞票(用来坐电车),千叮咛万嘱咐之后,让我抱住那个大大的盒子。

"送的地方就在玛丽剧院边上,是莫伊卡河畔的尤苏波夫宫。"

听到尤苏波夫宫,我愣住了。

她压低嗓门接着说:"拉斯普京事件后,费利克斯亲王不知被流放到库尔斯克还是科里梅了。伊琳娜公主今晚离开彼得格勒。在此之前,她的秘书得把裙子放进行李箱。所以,路上别耽搁,自己小心!"

我用微不可闻的声音答道:"好的,贝尔内特小姐。"

尤苏波夫宫……

我瞬间感觉手中抱着的盒子像一口棺材。

不过,出门之后好多了。我自由了。自由的感觉让我想飞。尽管双脚陷在雪中,我仍然飞奔向电车。透过雾气朦胧的玻璃,我第一次发现我的城市如此美丽。我想,我永远不会离开它……

穿过栅栏,越过白雪覆盖的花园,尤苏波夫宫门窗紧闭,封得严严实实。我转了一圈找到进口,按了半天铃,一个比将军还神气的侍从出来了,眼中的轻蔑令人恶心。

"你来送公主阁下的裙子,嗯?"

他以为他是谁?他以为我是谁?我穿着得体,头戴皮帽,挂着丝线系的手笼。只因为我抱着个盒子,他就对我傲慢无礼,好像我是"苦命人瓦尔瓦娜"或女佣紫娜!

我含糊地答道:"是,裙子在这儿。"

他打开门,从我手中接过盒子(我想他是训练有素),硬塞给我一点小费。然后,呼的一声关上栅栏,转身走了……

我本可以骄傲地将钱扔在雪地里,或是用法语大声骂他。可惜,我反应太迟钝了。最终什么也没做,因自尊心受伤闷得喘不过气来。

好了。

这种羞辱有什么大不了的。

毕竟,我的人生处处受气。可是,我从没受过这种气。在我眼中,这很严重。在充满"优越感"的侍从面前，我感觉自己不存在。真让人难以忍受。还好，我只忍受了两分钟。如果有人从早到晚这么对我，就太可怕了……

我想到了陀思妥耶夫斯基的小说《被侮辱与被损害的》。在那几分钟内，一生都被轻视的"下等人"所受的苦，我感同身受。我曾看起来和他们是一样的，坦白说，我希望忘掉这一幕！

我大步离开这个可怕的宫殿，手里紧紧攥着象征耻辱的硬币。

现在……

尤利·彼得罗维奇……

1917年2月5日

显然，我运气太背了！上周日，我专心写作时，又被海伦打断了。她为什么要进我的房间，窥来探去,指指点点?真想不通!

还好,我没被她当场逮住。我手脚利落地将日记本藏了起来!听到脚步声,我一把抓起磨甲片。萝拉进来时,我从容地磨着指甲。

她吃惊地问我:"柳芭,你没跳舞?我以为你会自己一个人在房间跳舞呢。"

"很明显,你错了!"

"那你就不是真正的舞者。"她满脸得意地回道,"书上说,一个真正的舞者无论何时何地都不会停止跳舞。"

我耸耸肩。

"你的消息太不灵通了!我已经退学了。"

"意思是你以后都不跳舞了?"

我无言以对。第一次,因为这个傲慢无礼的女人,我怀念起跳舞。我想哭,同时被刺激了。

我尖声叫道:"海伦,你烦死了!发发善心,让我安静会儿!"

她坐在床尾,目光深沉地盯着我,小声问我:"柳芭,你为什么不喜欢我?"

"因为你也不喜欢我。"

"我是有原因的……"

我顺口接道:"我不感兴趣!"

她不断轻咬嘴唇,终于又开口:"杜尼雅跟我提到你的事……"

我生硬地打断她:"肥母牛说的事,你自己知道就行了!"

她一反常态,没有反唇相讥,而是打了个哈欠,蜷缩在我床上,盖着鸭绒被睡了。我扔下磨甲片:"萝拉,你干什么?去别处睡。你没床吗?"

她没理我。好吧,她成功地激怒了我!我冲过去,准备把她扔出我的房间……我的手臂停住了。她两颊通红,发根全汗湿了,她没开玩笑……

我不知所措:"你的脸色很奇怪,好像发烧了。"

我叫来妈妈帮我把小维尔西尼送出去。她得了麻疹。此外,刚才的对话让我莫名地很不舒服。

"关于我的事",是什么呢?

还是把它抛在一边,说说尤利·彼得罗维奇和我们的会面吧。

他住的离尤苏波夫宫不远,就在河边。可,要不是一个穿得破破烂烂,双唇冻得发紫,踩着木框滑雪玩的小孩帮我,我怎么都找不着。

我粗鲁地问他:"知道三区在哪儿吗?"

他说知道,可以陪我去。我把那个傲慢的侍从留下的小费给了他。这让我心里舒坦多了。可小孩拿到钱时的快乐,又让我很难受。我假装没看到。他带我来到一幢建筑物前,后门正对着阴森的胡同。

看似优雅高贵的街区隐藏着不为人知的一面:空旷的地上,到处是破烂不堪的房子、简陋的木屋、歪歪扭扭的建筑。一摊冰雪融化留下的水洼,倒映着三三两两的黑色树影。

小孩指着其中一幢建筑的入口跟我说:"公主,到了!"

原来,在他眼中,我是公主。我顿时心情愉悦起来,冲他笑了笑,他急匆匆地跑走了。

天已大亮,楼梯间仍然黑漆漆一片。显然,这里没电。我小心翼翼地走上四楼。台阶已经很久没打扫过了，我差点踩到果皮摔一跤（也可能是别的什么东西）。楼里一股浓郁的味道扑鼻而来：白菜、猫尿、燃烧物混合在一起的味道。楼道里传出女人的哭泣声、婴儿的叫声和男人的吼叫："没东西吃了！我有什么办法！"

我真想掉头走。我从没见过这么破旧的贫民窟。"灰老鼠"下班后就和弟弟住在这儿？我吃了一惊，有点明白她为何总是尖刻地称我们"被宠坏的孩子"或"享受特权的女孩"。我开始同情她了。

我刚走到楼梯口，她弟弟就开门出来了。再晚五分钟，我们将彼此错过。一切像是命中注定或是心有灵犀。

尤利·彼得罗维奇立刻认出了我。他清澈的蓝眼睛看着我。我的心怦怦直跳，低声说道："你姐姐让我来找你，她有封信要给你。"

他做了个"嘘"的手势，带我进屋：里面用屏风隔出两个房间，家具陈旧，一扇结满霜花的窗透出微光。小小的壁炉里满是灰烬，火将灭未灭，一点儿热气都没有。

尤利反锁上门。

房子正中放着一张桌子，上面摆满了书和纸。桌前放着三四把草椅。他没请我坐下。我们面对面站着。

我变戏法似的从手笼里拿出信封。

"谢谢。"他轻声说，"姐姐告诉我，她会设法和我联系。我知道有人来，但不知道是谁……"

看似简单的话语似乎蕴藏着无尽的深意，我很想弄清楚。

他接着跟我说："我很高兴是你。"

他接过信封。

好了。

我和尤利·彼得罗维奇的会面就要结束了。我信守诺言。就这些。我没理由再见他。想到这，我快窒息了。我应该做点什么，不管做什么，至少让我们能再见……

我突然喘着气说道："只要你愿意，我可以继续帮你。"

他震了一下，看我的眼神变了。他不敢相信或是在想我到底知道什么吧。他思考时，一直垂着眼看信封。我惊恐地发现封口没粘好，尤利也发现了。

要是我做得天衣无缝就好了……

他疑惑地看了我一眼。最好的防御是进攻，好像是吧。我虚张声势地叫道："是，我打开看过了。我有权知道……"

我噤声不语。似乎有人鬼鬼祟祟地朝这里走过来。尤利以迅雷不及掩耳之势把信封塞进我的手笼，从桌上拿起一本书，翻开，高声念道：

为何要把自己预支给厌倦
为何要用阴沉的梦来滋养它？
为何要了无生趣、惊惶不安地
等待离去的时刻？

然后，他大声问我："塔提亚娜，这几行诗你觉得怎么样？"

"令人感动。"

"我建议你读读普希金这首诗。"

"你觉得适合我？"

"当然,老师说过,你天生就是个诗人。"

我格格地笑起来:"他太夸张了吧。"

"塔提亚娜,你太谦虚了。给,你接着读……"

我接过书,感觉自己分裂了。这会儿,我叫"塔提亚娜"。我习惯了演戏,这种即兴演出让我乐在其中,应对自如,哪怕这一切并非游戏。演出只有一个听众:门外潜伏的警察或是密探,得处处当心。

我像通了电似的兴奋。

我听见自己的声音回荡在走廊上:

你将受苦,

独自一人,面对无声的旷野,

你也许会想起

那些被虚掷的时光……

楼梯咔嚓咔嚓响,探子走了。我们骗过他了?保险起见,我和尤利接着演了十几分钟。

是的,我和尤利。

这场戏拉近了我和尤利的距离，把我们紧紧联系在一起，远胜过没完没了的对话。尤利当着我的面，把信封藏到大衣里。

他悄声告诉我："卡提亚不是拿回家用的。这些钱对同志们有用。"

我以为钱是给他的。我没出声。他说的"同志"是谁？我不敢贸然问他。他很信赖我，我开口问，他就会明白其实我什么也不知道。他好像很有倾诉的欲望，接着说道："你知道吧，姐姐这段时间一直很担心。她发觉在学校有人监视她。她拒绝带学生去叶卡捷琳娜宫，就是不想见到那个暴君。"

"灰老鼠"太过分了！这就是她突然消失的原因？听到"暴君"这个词，我很生气。尤利似乎没察觉我的沉默，继续说起他的学监姐姐："自那以后，主任对她印象很不好。她不敢随意进出。在学校，有人查她，还有人从她那儿拿走了一本被禁的杂志。"

我一声不吭，脸涨得通红。

"沙皇的探子真是无孔不入。"

我点点头，开始明白……

他们姐弟俩出于理想,参加反抗运动(和那些出版革命文章的人一起),出钱出力。

可敬还是愚蠢?

尤利笑着说:"塔提亚娜,你真了不起。"

"我叫柳芭。"

"我当然知道!我们戏剧学院有个塔提亚娜,以演独幕剧著称……"

这下,我笑了。

"法语里,柳芭叫爱美,对吗?"

我点点头,垂下眼。人生真奇妙:翻译我名字的人不是我的父亲,而是一个相识不久的俄国人……

他把普希金的这首《回忆》送给我。我喜出望外地接过来。逃走当天,我把普希金的诗留在学校了。

我低声说:"这首诗我会背。"

这是我向尤利道谢的方式。

出门时,他搂着我的肩。尽管是演戏,我仍然很高兴。也许有人躲在帘子后或蹲在某个角落里监视我们。

他会看到什么?

两个戏剧学院的学生排练完,一起去上课。

尤利从牙缝里挤出声音告诉我:"我想我被监视了。有人趁我不在翻我的房间,我发现纸被动过。我敢打赌,待会儿有人跟踪你。"

"不会的。"

谁认识我呢?谁会怀疑我这个年纪的女孩?应该没有人。

他坚持问道:"上楼前,你跟谁说过话?"

"就一个小孩……"

我停住,环顾四周。那个小孩是……密探?他已经走了。

尤利很穷,但他是个绅士。

他不放心我一个人回去,陪我坐电车坐到涅夫斯基大道。在拥挤的人群中,我们肩并着肩,就像第一次那样。不同的是,我们现在靠得很近,相视而笑。

当他低语时，气息拂过我的脸……

我不停地在脑海中回味这美妙的时刻，然后将我的心事藏在字里行间。只是我找不到合适的语词，它们不是乖乖躲到纸上，而是翻滚跳跃，四下乱窜。它们找到了属于自己的存在方式：舞蹈！我是否也和它们一样？

在"巴黎风尚"门口，他跟我告别："还好，我知道怎么找你了……"

这是约定吗？至少给了我希望。

尤利会来找我……

这足以让我面对贝尔内特小姐的怒火。见我迟迟不归，她急疯了，想象我要么像拉斯普京一样沉到了涅瓦河，要么被老色鬼缠住了！我一口咬定回来时迷了路，结果还幸运地躲过了做针线活。

我感觉自己破茧成蝶了！

我又看了一遍：再去找尤利的办法。

整个星期过去了，他没有来（他要冒很大的风险）。不过，"明天又是新的一天"。周一，我又要回店里。真好。也许，他就在涅夫斯基大道附近等我。

我梦想着……我想尤利，和想乔治不一样。我想的是一个"真实存在"的人。

突然，一阵疲劳袭来。

很晚了，大家都睡了，我也困了。我用从工作间地上捡来的边角料专门做了个口袋放日记本。我把日记本拿出来，挂在衣架上，然后爬上床……

很奇怪。我浑身发热，打了个寒战。可能是想睡了……

1917年2月14日

九天来我终于坐在床上，提笔写字！我感觉自己重新活过来了。我垫着妈妈放茶杯的托盘写，这样墨就不会洒到床单上了!

我染上了麻疹(感谢萝拉给我的礼物!),伯瑞斯也是。妈妈忙着照顾我们,楼上楼下地跑。我缩在羽绒被里,晕晕欲睡间,听到走廊上响起妈妈匆忙的脚步声。

我全身上下冒出了无数红点点,烧得神志不清。这熟悉的声音让我舒服了些。可惜,它并不能让我的心平静下来,或是抑制我的想象……

尤利……

我想象他在房间的角落里,我低声和他说话,就像他近在眼前。现实和梦交织在一起,我不知道身在何方……

一天晚上……

妈妈来床前看我,奇怪的是伊万·谢尔盖耶维奇也来了。他穿着天鹅绒睡袍。妈妈好像也穿着睡衣。她温柔地、小心翼翼地用湿布为我降温。

我嘟囔着:"为何要了无生趣、惊惶不安地/等待离去的时刻?"

她叹了口气:"可怜的孩子,又说梦话了。"

我笑了。她不知道尤利·彼得罗维奇站在她身后，看着我。我又提高嗓音说道："你将受苦！"

这样，尤利就知道我信守诺言：我把这首诗放在心里……

维尔西尼先生吓坏了："普希金的诗。我去叫医生。"

妈妈拉住了他："伊万，你别担心，天亮以后烧会退下来的。"

我又笑了。妈妈对着主人称"你"，直接叫他的名字？这梦太奇怪了！

他们走了。门半开。我坐起来，穿过房间，脚底一直打滑，一点儿力气都没有。我拼命拽住床沿或椅子。

是什么推着我这么做？我在找什么？我完全想不起来。在梦中，人的行为总是荒诞不经，毫无逻辑可言。我拉开门，看着走廊：妈妈房间的门开着，灯光照得走廊一片光亮。

我看见伊万·谢尔盖耶维奇和宝琳娜·米勒，他们一起走了进去。

门关上了。

直到今天,我仍然不敢相信"这是真的"。

也许我在做梦,也许我在胡思乱想。我想忘掉那恶心的一幕。可惜,忘不掉。它搅乱了我的生活,像幽灵一样缠着我。可能是发烧了吧。等我好了,它就会消失。因为等我好了,我会再见到尤利。

他比什么都重要,不是吗?

1917年2月19日

哦,我终于能下床了!

第一件事,照照镜子。两颊凹陷,头发粘在一起,黯淡无光。尤利会觉得我漂亮吗?我很怀疑。裙子穿在身上空空荡荡(我瘦了好几公斤),衣衫扁平,手瘦骨嶙峋,像鸡爪!

妈妈叹了口气:"可怜的孩子,你会再胖起来的。"

在彼得格勒似乎也找不到什么好东西吃了。要买点什么，还得用配给卡。

事情就发生在我生病期间！或者更早，只是现在更严重了。是"灰老鼠"的"同志们"干的？主人一脸恼恨地说起社会主义（布尔什维克、孟什维克）和国际主义。妈妈竭力安抚他，只是徒劳。今天，在餐桌上，他跟妈妈说："没办法了……"

妈妈皱皱眉，杜尼雅走了进来。伊万·谢尔盖耶维奇不做声了。他们在防备她？我不相信，她在这里待了很长时间了……

萝拉喊道："杜尼雅，怎么了？"

她瘦了，也长高了。妈妈说是因为发烧。现在我们俩身形差不多。她的傲慢也随之增加了。这让我很不快。

伯瑞斯也叫起来："杜尼雅，怎么了？"（麻疹之后，他变成了一只敏感的猫。）

胖女人没理会孩子，径直走向他们的父亲："主人，紫娜走了，公然拿走了您仅剩的火腿和一瓶白兰地。我想带她回来，她说穷人迟早要打倒富人，她只是提前拿点东西……"

这消息像炸弹一样爆开，杜尼雅回厨房后，一片沉默。妈妈犹疑地开口："真是没想到……她在这儿过得还可以啊，有栖身之所，每天喝两次热汤，厨房里还有洗碗台……有人过得惨多了！"

我回道："也有人过得好多了！"

所有人看着我，仿佛我是个傻瓜。

现在，手中握着笔，我问自己：如果还在学校，我会这么想吗？我想不会。承认这一点，我自己都很惊讶。

好了，我现在要做的是想办法洗头：我们这一层早就没水了，哪怕妈妈的房子里还放着一个巨大的浴缸。以前是紫娜一罐一罐地把热水搬上来。

1917年2月20日

她帮了我。

杜尼雅把罐子搬了上来。她得代替那个逃跑的紫娜……

妈妈小声跟我说:"我敢打赌,她本可以拦住,只是不愿尽力!"

我没回应。我在想别的事,也就是尤利·彼得罗维奇。他去贝尔内特小姐那儿找过我吗?要知道答案,只有一个办法:回"巴黎风尚"去。

我向后仰着头,靠在浴缸边,温热的水流过头发,妈妈打上黑皂,有力的双手在我的头发上揉搓着。

正是和她说话的良机。脸遮掩在毛巾下,我想我能从容地说谎——如果不得不说谎的话。

"妈妈,"我的声音像蚊子似的,"我什么时候回去工作?"

"不用去了。"

这话像铡刀一样落在我身上。

"伊万·谢尔盖耶维奇担心接下来城里会更乱。他反对你出门,外面到处是人,又没人陪你。"

我嘟囔着:"他想怎么样?我和他毫无瓜葛!"

"当然,但他是个有责任心的男人!"

"那他应该知道贝尔内特小姐很看重我。"

妈妈笑了起来:"柳芭,别把自己抬这么高。不就是缝边,她随时找得到人代替你。"

"针线活"这个借口不管用。我得赶快找个无懈可击的借口。妈妈倒水为我清洗头发,然后拿起梳子轻轻梳理。我突然灵光一闪:"妈妈,我没敢告诉你,那个金蝴蝶,我忘在店里了。"

惊怒交加:我只能用这个词来形容妈妈的反应。

"伊万·谢尔盖耶维奇的胸针……"她激动得说不下去了,"你怎么这么笨,把胸针带到工作间去。"

她没怀疑我。再次证明妈妈也会犯错。只要她同意,我就能去拿胸针了。

命运是什么?一对翅膀。

换句话说,什么也不是。

尽管我很骄傲,我成功地找到了理由,但心里还是有点不高兴,在妈妈眼中,我的安全还比不上主人

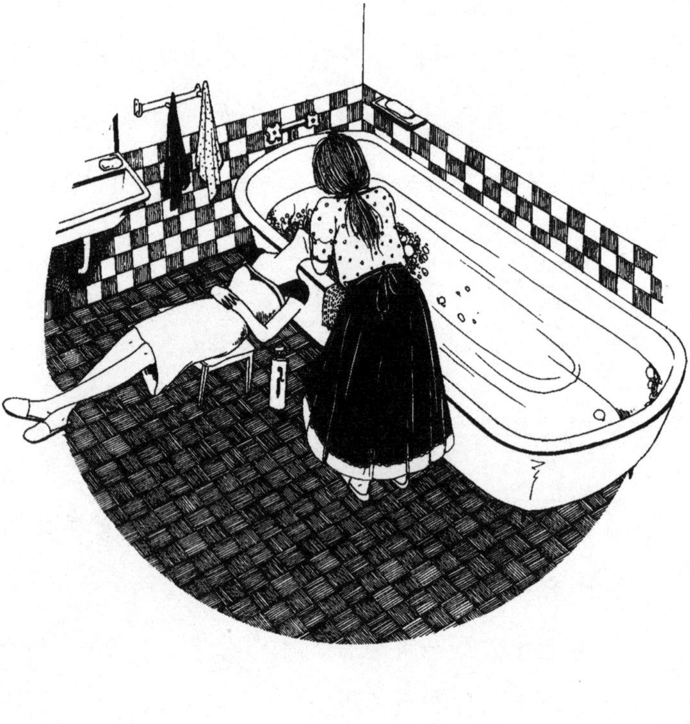

送的一枚胸针。

算了,我不想说太多。

我胜利了,付出的代价却是一处看不见的伤口。

我数着日子。

时间一天天过去,我还是没能离开家门。

1917年2月20日

太倒霉了!我正想跑去贝尔内特小姐家,伊万·谢尔盖耶维奇提早回来了(也许从银行,也许从咖啡馆,也许从上帝那儿,谁知道),带来一连串令人不安的消息。愤怒的饥民四处冲击彼得格勒空荡荡的面包店。

"更糟的是,普提洛夫军工厂解雇了数千工人。"

我问道:"先生,为什么呢?"

"因为罢工，工厂开不了工，也没食物供应了。"

妈妈接着问："这些不幸的人以后怎么维生呢？"

"问题就在这儿。发给他们面包一时能充饥，但也只是一时……"

尤利·彼得罗维奇会怎么看？

1917年2月21日

我一直在等待离家的契机！

杜尼雅说，好几座沙皇的雕像被斩首了。她到处去找几无踪迹的土豆时，见到一个巨大的戴着皇冠的头滚落在白雪皑皑的草地上，旁边围满了人。不知道她会不会不舒服……

我呢，这恐怖的一幕让我很难受。

尤利·彼得罗维奇会怎么看？

1917年2月22日

也许今天能离开?

彼得格勒从冬日里苏醒了。天气暖和起来。春天突如其来,隐去了白雪的痕迹。很多人涌上街头。

除了我。

妈妈对我说:"柳芭,不许出门。形势会进一步恶化。"

尤利·彼得罗维奇会怎么看?

1917年2月23日

上午或下午,我能成功逃离维尔西尼家吗?

今天是国际妇女节。

用主人的话说,这是社会主义造出来的,借此强调女人的地位,弄得好像自史前以来,女人们年复一年没管着男人似的!

妈妈笑得很得意。

诡异的一天。

从早上开始,我们就听到一个传言。时间一点点过去,越传越烈。伊万·谢尔盖耶维奇亲自去打探消息了。传言说,涅瓦河对岸的维堡区有成千上万的女工,跨过河上的开桥,前往涅瓦斯基大道游行示威。她们手持红旗,高声叫着:"面包!"并且成功冲破了骑警的封锁线。

哥萨克骑兵被那些头戴方巾的妇女击垮了。真妙,对吧?我也以身为女性而自豪。她们无所畏惧。或者说,即便有所畏惧,她们仍然一往无前。

很棒的一课。

希望有一天,我也像她们一样。面对生活,勇往直前。

尤利·彼得罗维奇会怎么看?

哦,我无数次提到他……我们有太多话要说,有太多事可以分享、憧憬……

尤利……

1917年2月24日,我的房间,晚上9点

我一直关在家里,出不去。

昨天,好像有很多工人加入了示威运动。为了避开骑警,他们徒步走过结冰的涅瓦河,百死一生。其中也不乏土匪、流氓、抢砸分子,他们趁乱打劫了一些有钱人的商店。

主人说:"现在的局势让我很忧心。宝琳娜,你想想,马鞭驱赶不了他们,骑警已经放任他们为所欲为了。"

萝拉紧张地叫了一声。"我怕……"她哽咽了,"我要去赫尔辛基找玛卡阿姨!"

玛卡是她和伯瑞斯的姨母,嫁给了一个芬兰的有钱人，时不时会邀请他们去芬兰度假。伯瑞斯也叫起来："爸爸，我要去找玛卡阿姨！"

他们哭哭啼啼的。我没哭，愣在原地。我看到维尔西尼和妈妈心领神会地对望一眼。很明显：他们也想离开。我整个人一片空白。

离开意味着再也看不到尤利了。

我吓了一跳，有人敲门。
"是我。"妈妈轻声说道。
我跟在她后面走，黑暗的走廊上，她显得很疲惫。她喘着气说："过来。"

1917年2月25日，凌晨

昨晚，我像是做了场噩梦……
我什么也没问，跟着妈妈走进她的房间。她拿钥匙锁上门。

"亲爱的,你得帮我。"

我强压住尖叫声。

一根根金条在床上闪闪发光。妈妈从布袋里倒出来的……

她低声说道:"这是我全部的财产,攒了十四年。伊万·谢尔盖耶维奇刚从保险箱里取出来。"

"你的钱放在他的保险箱里?"

她恼火地叹了口气:"什么时候了,还问这些没用的问题!"

她把问题抛到一边,告诉我,我要帮她做什么:她拆了一件贴身内衣,我们要把金条一块块放平、压紧,缝到内衣的里衬里。我睁大眼睛看着妈妈。我在想她是不是疯了。好吧,她很正常。

她压低声音跟我说:"我们得尽早离开这儿。"

"妈妈,不会吧!"

"事到如今,带钱出国都不行了……"

妈妈要带着黄金旅行……

我们弄了好几个小时。针在玫瑰色的布料上上下翻飞。我悲伤地缝着,痛苦不堪。

我得离开我的城市,我曾发誓永不离开它;我得离开尤利,我本可以更了解他。我脑子里每一处都在叫着:"尤利,尤利,尤利……"

我没给他我的地址。他不知道我住在维尔西尼家。他想找我,只能去"巴黎风尚"。我得尽快去那儿一趟。也许他给我留口信了?如果没有,我就去三区,从门缝里塞一张纸条进去,跟他道别……

妈妈不耐烦地说:"好了,别再哭了!"

写下这些之后,我倒在床上,像掉进了黑暗的深渊。

黄昏时分,妈妈把我叫醒,说从早上开始爆发了全民大罢工。

她低声告诉我:"柳芭,你知道吗,现在那些人公开叫着'打倒沙皇'!"

我想到了尤利,他也在叫着"打倒沙皇"吗?

1917年2月27日

两天我像老了五岁。我还是要写日记。我逼着自己写。它能让我镇定下来,不至于大吼大叫。

而且,我忘不了昨天上午经历的一切。

早上十点左右,我终于偷偷跑出去了。保险起见,我还特意别上了假意弄丢的蝴蝶胸针。我只能走过去。电车已经停开了。路上黑压压的全是人。

走在涅瓦斯基大道上,我一路都在人群中钻来钻去。一些示威者组成人墙,站在随风飘扬的旗帜下。我都不知道自己是怎么走出来的。

骑警在路口严阵以待,巡逻队来回走动。我还看到堤岸上,士兵手持机枪(应该是机枪吧)。

我想,他们在准备作战。

害怕吗?不知道。我一心只想着尤利……

我没按门铃就进去了。店门已被捣毁。大厅里一团乱：水晶灯碎了，屏风倒了，模特倒在地上……这里被"流氓们"洗劫过了。

贝尔内特小姐披散着头发，弯着腰站在大厅中间，旁边站着一个衣冠楚楚、沉默不言的男人，肯定是她的"白马王子"。

他没理会我。她却抓着我做见证："柳芭，看到了吧，那些野蛮人的杰作……"

我不知道该说些什么，脑子里一片空白，只想着尤利。

贝尔内特小姐又说道："有个蓝眼睛的小伙子找了你好几次，他留了封信，让我给你……"

她从被拉开的抽屉里拿出信，冷笑道："幸好那些强盗对它没兴趣。"

我语无伦次地向她道谢。她意味深长地看我一眼："发生了这么多事，我一直记着这张纸，是因为我喜欢浪漫的故事。"

那位先生在一旁纵容地笑了。

她最后说道:"孩子,你选错了相爱的时机!"

我再也听不进去了。我读着尤利的信。信上的日期是2月18日。

亲爱的爱美:

1月25日以来,我常去店里找你。店主告诉我她不知道你什么时候再来,不过她答应把这封信交给你。每天上午十一点半,我会在涅瓦斯基大道的伊利舍夫店等你半个小时。

请你一定要来。

(为何要了无生趣、惊惶不安地

等待离去的时刻?)

我笑了,不再哭。飞奔出去。

他就在那儿,手里拿着一面红旗。他把红旗放到店前,拥抱我。我们时间不多。我告诉他我要远行,我们可能再也见不到了。

他抱住我。

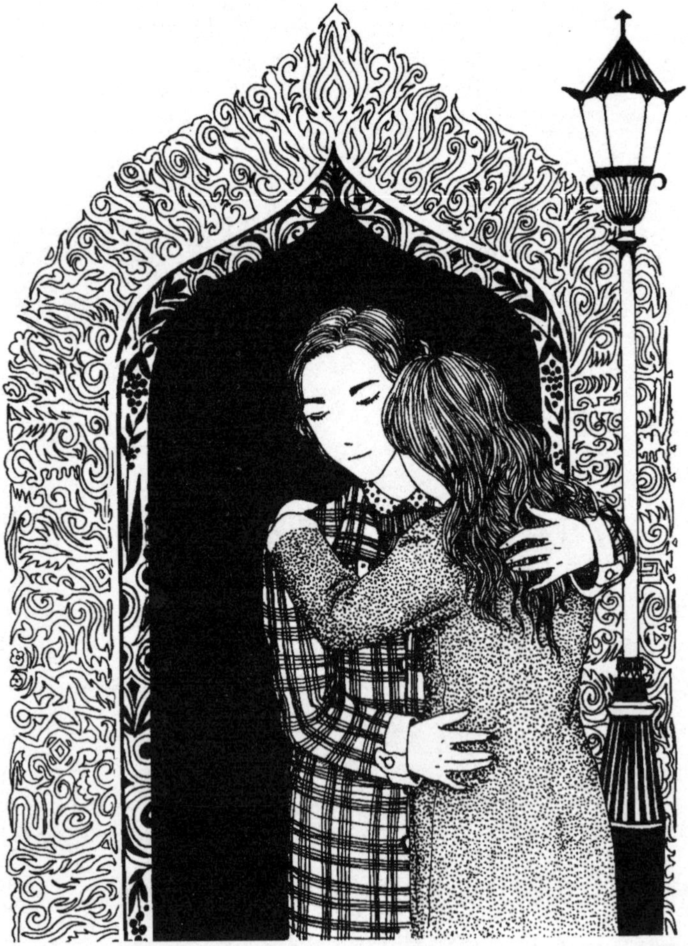

我闭上眼,也抱住他。一动不动。这时,在我们身后有人唱起了《马赛曲》。尤利松开我,也开始唱:"拿起武器,公民们……"

我无比自豪,俄国的革命者们唱着法国国歌。尤利挥动手中的旗帜准备加入他们。

我拉住了他:"等等。"

我在大衣里摸索着,解下蝴蝶,递给他。他把蝴蝶别在大衣内侧,小声说道:"它和你眼睛的颜色一样,会给我带来好运。"

他错了。胸针没带来好运,没保护他。

尤利走进人群,高举起手中的旗。随风飘扬的红色像一片海……

我想,像一片血海……

突然间,炸弹爆开。人们如木桩一样,倒在我四周。

我没动。我看到尤利倒在旗上。他受伤了,还是……

我高声叫他的名字,他没站起来。

这时,有人拦腰抱住我。我拼命反抗。他又拖又抱,拽着我离开。我的尖叫声淹没在被杀的人群中。

直到他把我抓到一幢楼的楼厅里,我才认出是伊万·谢尔盖耶维奇。他想干什么?他为什么不让我和尤利在一起?我生平第一次面对面地直视他。他浅褐色的眼睛焦虑地睁大,上气不接下气地跟我说:"幸好我早上看到你出门。你上次也是这么疯狂地拿自己冒险?"

我没辩解,而是绝望地回道:"先生,你有什么权利干涉我的生活?"

"因为我是你父亲。"

可怕的沉默。外面震耳的爆裂声我充耳不闻。我的父亲?突然间,我什么都想通了。"伊万"翻译成法语就是"让"。我怎么早没想到?这就是杜尼雅跟海伦讲的"关于我的事"!是了,我是"让的女儿",所以我姓"伊凡诺夫娜"。我怎么没想到,这不是妈妈编造出来的……

我就是个私生女。是个孤女。

我再也没有父亲了。因为没有让·米勒这个人。

我开始呕吐。

10分钟前，妈妈走进我的房间。她跟我说："你长大了，应该能理解。环境所迫，我无法嫁给伊万。我们在巴黎相遇时，他父亲已经在俄国给他定了门婚事。我决定带着我们的孩子和他一起生活，只是对不起他的妻子。"

我低声恳求她别说了。

我什么都明白了，没必要说得这么详细。而且，我也不在乎。没什么比尤利更重要。

但愿我的蝴蝶陪着活生生的他，而不是死去的他！

我颤抖了。

妈妈还在说："给你家族的首饰，表示认同你的身份。你和伊万的妈妈长得很像，和他也是。"

她不需要说得这么细。这次，我叫了起来："闭嘴！"

现在,红旗正飘扬在彼得保罗要塞上空……

尤利倒地的那天,150多个人倒下了。触目惊心的数字传遍全城。那么多血……多得惊人的血!昨晚,沃伦斯基和罗巴金斯奇的士兵起义了。就是他们镇压了2月26日的示威游行。为了赎罪(或是因服从命令而悔恨),他们加入了工党。革命者围攻克里姆林宫。那里驻扎着十万军队!

接下来会怎么样呢?

伊万·谢尔盖耶维奇预测城里会越来越乱。他决定今晚就走。

自从他告诉我真相以来,我都不敢看他,不敢看他深邃的目光。

1917年3月11日,赫尔辛基(芬兰)

我厌恶地打开日记本。近来,我记下的全是悲惨的、骇人听闻的事。今天这件事也很可怕。

沙皇退位了……

好像是3月2日发生的。在这，我们消息不通。只知道，如今接管俄国的是一个临时政府。

陛下尼古拉二世成了罗曼洛夫将军。

这是我们的世界末日。我和妈妈流了很多眼泪。

她哭还因为逃离彼得格勒时，伊万·谢尔盖耶维奇受伤了，至今没有痊愈。

我们走得很急。

每个人只能带很少的东西。妈妈说革命动乱过去后我们就回来。除了日记本（笔和墨），我只带了一双舞鞋和尤利送给我的普希金（我最珍贵的财富）。

我们挤在车里，就像圣诞那晚一样。圣诞，好像已经很遥远了……眼前一片黑暗，至少，对我来说是。

尤利……

我一心只想着他。

他真的死了吗?还是只受了点伤?我永远都无法知道!车走得越远,我越是喘不过气来。我想,我一辈子都将在这种忐忑不安中度过。

看着我们黑色的大车经过,人们也许会以为是幸福的一家人趁着春夜出游?伊万·谢尔盖耶维奇希望人们这么想。只是没骗过杜尼雅。她发誓会好好看着家,直到主人回来的那一天!她要像女王或是女主人一样待在空无一人的房间里吗……

我对旅程的记忆有些混乱。

城里到处都是起义者设的障碍。我们越过一个又一个。没人拦我们。汽车呼啸而过时,人们匆忙闪到一边。

离开彼得格勒后,我们驶向北方。维尔西尼加足马力向前。夜幕降临,没人出声。妈妈坐在前面,穿着她的"内衣"坐得笔直,看着地图给主人指路。伯瑞斯、萝拉靠在我身上睡了。

他们是我的弟弟、妹妹!我说不清是感动还是恼怒。

最终，我和他们一样睡过去了。

一声枪响把我惊醒。

一瞬间，我以为回到了学校，回到了那个遥远的午夜。对我来说，从那晚开始，伴随着拉斯普京被杀，一切都变了。我们身边闪着无数光点。一杆枪指着我们，明晃晃的灯笼旁，一群黑影在晃动。

伊万·谢尔盖耶维奇撞向路障。玻璃窗应声而碎。他惊叫一声：子弹打中了他的前胸。他坚持握着方向盘，加速，冲进无边的黑夜。

走了很远，直到确信安全无虞时，他才停车。他把头靠在椅背上，我看到他的唇角在流血……尽管如此，他还是开车带我们到了目的地。

说真的，写下这几页很不容易。我一点儿也不想写。以前，写作总能给我安慰。现在呢，再也不能了。

我合上日记本。

我想，这是最后一次了。

尾声

1924年11月4日，巴黎

今天清理东西时，我发现了这个旧日记本。我打开来看，很想写完最后几页。

昨天，我22岁了。

感觉自己老了？也许吧。

生活总在继续，它拖着那些震耳欲聋的喧嚣往前走，就像俄国童话里的女巫婆巴巴亚加拖着她不祥的锅。

伊万·谢尔盖耶维奇在赫尔辛基去世。

第二年，1918年7月16还是17号的晚上，沙皇一家被枪决于叶卡捷琳堡，就像当年的拉斯普京一样。这种巧合让我心情沉重。我想到了女大公塔提亚娜的命运……

我惊得哭不出声，妈妈也是。

她跟我说："我们再也不要回去，那里全是野蛮人。"说这话时，她忘了她的女儿——我，也是半个野蛮人。

1918年11月11日—停战，我们就回了法国。维尔西尼的孩子们留在芬兰，跟姨母玛卡待在一起。

我一点儿也不牵挂他们。

我只牵挂尤利。回忆过往，我首先想到的是他。很可惜，他现在也被划归"野蛮人"之列。因为他，我才对其他男人毫不动心吧？

唉，直到现在，我也不知道他是不是还活着。他慢慢变成了一个影像。为了重新找回活生生的他，我读起我们的诗。瞬间，我想起他的吻。

尤利……

可惜，我不得不跌回现实。

妈妈的"内衣"让她开了家店。店在巴黎的17区，卖雨伞、帽子和一些新奇的小东西。我呢，用妈妈的话说，"不能把鸡蛋放在同一个篮子里"，开始跳舞。和做针线活相比，我还是喜欢跳舞。再说，我曾是皇家芭蕾舞学院的学生。这段经历在这儿很吃香。

我在一家俄罗斯夜总会"金鱼"工作。每晚穿着红靴和民族服饰跳舞。在那儿，我是"彼得格勒的柳芭"，尽管我的城市去年已经改名为"列宁格勒"，我还是坚持用它原来的名字……

它重重地压在我心上。

我到底是谁？我不知道。假的俄罗斯人、地道的法国人，还是恰好相反？自从离开那边后，我再也找不到自己的位置。

也许我永远都找不到了……

> 1924年11月5日

我重新拿起笔。

看着昨天经历的一切在纸上重现，我才有真实感。

很晚了，我看着自己在长长的街道上走，就像看着陌生人的一举一动……

暮色降临，远远地就能看见夜总会的灯在街角闪烁。我加快脚步。外面很冷，而且我迟到了。写下这些时，我又找回了14岁写日记的方式！

我正要跨过门槛，一个高大的身影从暗处冒出来。是个男人。我往旁边一闪,他不会缠着我吧?

他低沉的声音让我一顿:"爱美……"

我不是在做梦吧?!

我看过去,我看到尤利那双清澈的蓝眼睛在黑暗中闪着光。显然,他老了很多,看上去很累,额前有道疤痕,但确实是他。

他没死。

"尤利……"

他结结巴巴地说:"我找遍了巴黎的俄罗斯夜总会。找遍了餐馆、教堂,所有俄罗斯移民聚居的地方我都找过了。我找了你好多个月……"

他把我抱在怀里,就像在彼得格勒那天一样。在他磨损的外套里,金蝴蝶闪着光。蝴蝶最终给我们带来了好运!

我想起了伊万·谢尔盖耶维奇——我的父亲。我认他了。他曾是我的父亲。是他冥冥中引尤利来这儿的吗?

我把脸埋进他的颈窝,那儿专属于我。

他说:"你知不知道……"

我们过会儿再说。我们有很多话要说。红旗那天他是怎么幸存下来的？他为什么会离开俄罗斯？他姐姐还留在国内吗？之后，尤利会告诉我的。

现在，我只想抱着他。

在我们身边，雪花纷飞……

就像在那边一样……

我知道，终有一日，我们俩会回去的。

回我的国家。

现在我知道它在哪儿，我是谁。

想知道更多

从俄国到苏联

1917年2月一系列革命爆发之前,沙皇尼古拉二世统治下的俄国还是君主专政。沙皇是帝国至高无上的统治者。

但帝国已是内外交困。对外,要应对第一次世界大战;对内,近15年面临各种社会、经济问题。尼古拉二世1894年即位后,无力遏制政治与社会上的不满。因此,20世纪初以来,革命运动不断,俄国一片风雨飘摇,形势一触即发:极少数贵族掌握了绝大部分的财富,统治着占人口大多数的贫农。人们普遍生活悲惨,农民起义、工人罢工层出不穷。此外,新兴的中产阶级要求在社会政治中占有一席之地。1914年8月,沙俄自称超级大国,拥有1700万人口、可调动800万士兵。国内的现实就不那么妙了。

1904—1905年日俄战争期间，俄国国内一片反对声。随后爆发了一系列政治运动。战争中，俄国军队遭遇沉重的军事打击。皇室也因此丧失民众的信任。工人罢工、农民起义席卷俄国。首都圣彼得堡，罢工工人和沙皇的军队发生流血冲突。为了挽救岌岌可危的地位，沙皇不得不限制皇权，以他的名义颁布宪法，承认公民有集会、结社、宗教自由。与此同时，同意国家杜马举行选举。但他很快又实施独裁统治，没给予中产阶级和议院任何权力。尽管国内骚动不断，一战爆发时，沙皇俄国看起来还是坚不可摧。

初期，战争似乎令整个俄国团结一致，缓解了各种政治与社会矛盾。实际上，它捅破了祥和的假相，引爆革命的浪潮。俄国国内的形势进一步恶化。军事上的失利加剧国内对沙皇统治的不满与反抗。在俄国，战争极大地动摇了早就脆弱不堪的经济与社会。这种影响尤甚他国。工厂供应不出足够的武器、军需品、食品与衣物。饥饿、缺乏装备，加上不想白白送死，1917年一百多万士兵逃离战场。此外，自1915年起，很多城市遭遇严重的饥荒。农民拒绝交粮；工厂因补给不足逐渐瘫痪；食物短缺引发物价上涨，而工资并未随之增长；失业人口增加，贫民越来越多。整个国家一片混乱。

面对这种局势，沙俄政府手足无措。因沙皇无力应对危机，政治阴谋四起。1916年12月16日（恺撒历），皇后亚历山德拉的宠臣——神僧拉斯普京被暗杀。民众则开始自发成立一些组织，取代政府职能，借以保证供给。1916年，罢工此起彼伏，与日俱增。沙皇并未寻求解决问题之道，而是下令弹压，逮捕罢工领袖。他为此付出了沉重的代价。3月，俄国几个大城市同时爆发工人暴动，特别是莫斯科和圣彼得堡（后改称彼得格勒）。1917年3月8日至12日（格里高利历），沙俄首都因饥荒出现自发的反抗浪潮。3月9日，20万工人罢工。工人们高声呼喊，要求得到面包。3月12日（恺撒历2月27日），历经4天的冲突，驻彼得格勒的士兵与罢工者站到了一起。同日，沙皇决定解散杜马，但杜马依然存在。与此同时，新的代表会议苏维埃成立。二者同时在3月15日（恺撒历3月2日）成立的临时政府中发挥效用。临时政府由各个政治团体联合而成，在沙皇退位、让位给米哈伊尔大公未果后，接管俄国。自1613年起统治俄国的罗曼诺夫王朝宣告结束。

临时政府必须设法应对当前工人、士兵引导的革命形势。工人为数众多，他们不仅希望推进社会改革（将土地分给农民，改善工人生活），而且希望立刻停战。政府则打算继续战争，延缓改革。当然，它还是推出了一些有利于人民的政策（每天工作八小时，取消死刑，妇女拥有选举权等等），但无法抵挡列宁领导的左翼革命组织——布尔什维克壮大。

布尔什维克很快宣称：一切权力归于苏维埃，立刻停战，土地归于农民，削减工人工作量。社会仍旧动荡，动乱不时发生。布尔什维克逐渐成为人民和革命的真正代言人，接任的临时政府对此毫无办法。彼得格勒和莫斯科的苏维埃相继站到布尔什维克一边。11月6日晚至11月7日，布尔什维克突然在彼得格勒发动攻击，占领冬宫（临时政府驻地），夺取政权。

1917年12月15日，布尔什维克在布列斯特-里托夫斯克与德、奥签署停战协议。1918年3月3日正式生效。国内的内战则一直持续到1920年末。布尔什维克最终获得胜利，在俄罗斯建立起社会主义国家。1922年苏维埃社会主义共和国联盟成立。这个政治帝国1991年宣告解体，代之以俄罗斯。

大事年表（格里高利历）

1894年11月1日：亚历山大三世驾崩，尼古拉二世即位。

1902年春：农业歉收，引发农民起义。

1904年至1905年：日俄战争引发国内革命，沙皇被迫接受宪法，同意下议院国家杜马举行选举。

1914年8月1日：德国对英、法盟友俄国宣战，第一次世界大战爆发。

1914年8月30日：沙俄军队在坦能堡与德军交战，大败。

1916年：罢工运动兴起。

1916年12月19日：皇后宠臣拉斯普京被暗杀。

1917年3月8日—12日：彼得格勒爆发多起游行示威和罢工运动。2月革命意在推翻沙皇统治。

1917年3月15日：临时政府成立，沙皇退位，让位给其弟米哈伊尔大公。后者拒绝执政。

1917年3月23日：沙皇被临时政府逮捕。

1917年4月16日：布尔什维克领袖列宁自流放

地归来，为执掌俄国做准备。

1917年11月7日：布尔什维克领导十月革命，夺取政权。

1918年7月17日：沙皇尼古拉二世及其亲眷在叶卡捷琳堡被枪决。

1920年12月16日：红军在塞瓦斯托波尔大胜，布尔什维克获得最后的胜利。

1922年12月22日：苏维埃社会主义共和国联盟成立。

1991年12月8日：苏联解体，各联盟国宣告独立。

词语解释

皇家芭蕾舞学院：皇家剧院未来的艺术家们的学习之地。1738年在皇后安娜·伊万诺夫娜的支持下，由法国著名舞蹈大师让·巴普提斯特·兰德创立。1917年关闭。学院最著名的人物当属马修·彼季帕，他创作了60部芭蕾舞剧，其中就包括和柴可夫斯基合作的《天鹅湖》。

列宁：原名弗拉基米尔·伊里奇·乌里扬诺夫，1870年出生。学生时代参加革命，改名为列宁。1912年创立社会主义革命政党——布尔什维克，自成立之初就寻求工农的支持。第一次世界大战期间，列宁在国外，沙皇退位后重回彼得格勒。1917年十月革命中，领导起义，为布尔什维克夺取政权。此后，执掌俄罗斯。1924年去世。

尼古拉二世：1868年生，罗曼洛夫家族的继位者。即位以后，非常保守，无力应对内外交困的局面（对外，日俄战争和一战；对内，1905年和1917年二月的革命）。1917年二月革命后，3月2日（格里高利历

3月23日）宣布退位。数以千计的俄国贵族逃往西欧和美国。与之相比，沙皇一家可谓命运悲惨。3月10日，尼古拉二世被捕，禁于皇村。随后，被流放到乌拉尔。1918年7月16日晚至17日，时逢内战，为阻止白军迎回沙皇，红军布尔什维克杀死了沙皇一家。

布尔什维克：1912年由列宁创立的社会主义革命政党。宣扬工农联盟，在起义中夺取政权。

拉斯普京：1872年生，本是没受过教育的农民，后来成为神僧，以治愈术著称。1905年被秘密招进皇宫，减轻沙皇之子阿里克谢的病痛，因此获得皇后的青睐与庇佑。但他的一些行为令皇室名誉扫地。后被控为德国人卖命，成为政治斗争的牺牲品，于1916年12月16日晚至17日（恺撒历）被暗杀。

苏维埃：1917年俄国革命时，由工人、农民、士兵组成的代表会议。

沙皇：源于拉丁文"恺撒"，用于称呼俄国皇帝。

书和电影

值得一读的书

《1917俄国革命》，尼古拉·维尔特著，"发现"丛书，伽利玛青少年出版社

《叶甫盖尼·奥涅金》，亚历山大·普希金著，"经典"系列，伽利玛青少年出版社

值得一看的电影

《日瓦戈医生》，导演：大卫·里恩；主演：奥马尔·沙里夫、朱莉·克里斯蒂

《奥涅金》，导演：玛莎·费因斯；主演：丽芙·泰勒、拉尔夫·费因斯

《西伯利亚的理发师》，导演：尼基塔·米哈尔科夫；主演：朱莉娅·奥蒙德、欧列格·缅希科夫